ニキチ

紫藤 幹子

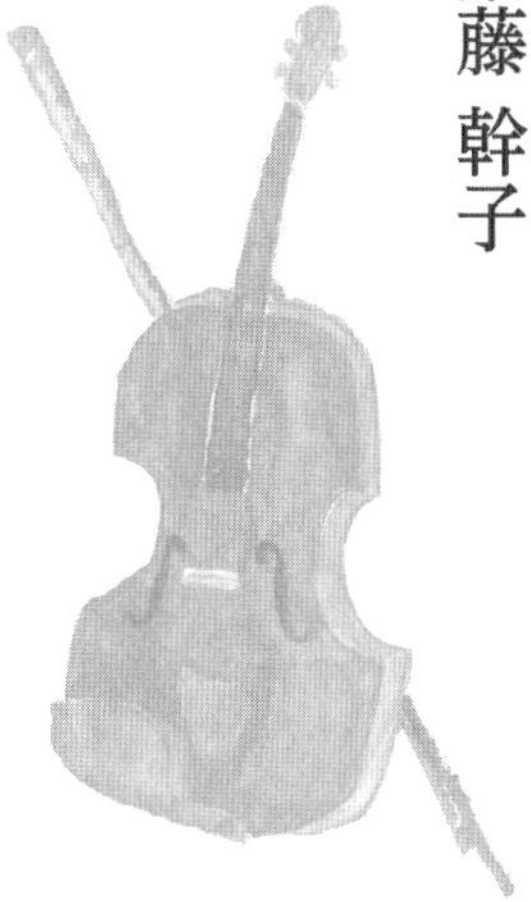

目次

ニキチ

一六一三年（慶長十八年）十月、仙台藩主伊達政宗の命によりスペイン人宣教師ルイス・ソテロを正使、家臣・支倉常長を副使として遣欧使節団がスペイン、ローマに派遣された。

そのため日本で最初に建造されたというガレオン船サン・ファン・パウティスタ号。その巨大な帆船は風に帆を大きく膨らませ、牡鹿半島の月ノ浦を出帆し、ほぼ五年に及ぶ長い旅に出た。建造には日本の船大工の手によるところも大きかったという。

しかし約一八〇名の乗組員の中に日本人の船大工の弟子がいたかどうかは記録に残っていない。

プロローグ

老公爵はたっぷりとたくわえた口髭を撫でながら、その美しい白木の家具を見つめた。よく晴れた昼下がり、南向きの書斎の窓からはようやく色づき始めた秋の庭が見えた。その家具は不思議な形をしていた。大人の腰ほどの高さで、数十もの小さな引き出しが前面に並んでいた。そのひとつひとつの引き出しに黒い取っ手がついている。異国の匂いのする家具だ。老公爵は今さらながら思った。

ついに彼を世に出すときが来た。

老公爵はおもむろに家具に近づくと、黒い取っ手をつかんで引き出しをひとつ引き抜いた。引き出しは空だった。抜いた引き出しをわきに置いて、もうひとつ隣の引き出しを引き抜いた。中には手紙の束のようなものが入っていたが、かまわずそれもわきに置き、またその隣の引き出しへ。そうして老公爵はすべての引き出しを抜き、家具の前面は枠だけになった。

ローマからはるか北西のスペイン領、楽器作りの街クレモナ。その中心地サン・ドメニコ広場で、腕のいい若手の楽器職人が工房を構えたという話を聞いたのは夏の盛りだった。すぐにその若い楽器職人が作ったというバイオリンを取り寄せ、贔屓のバイオリン弾きに弾かせてみた。

胸にさざ波が立った。老公爵は何日もバイオリン弾きを雇い、連日そのバイオリンを弾かせ続けた。そしてようやく出した答えだった。

枠だけになった家具を前に老公爵はしゃがみ込み、じっと目を閉じた。祈るような、許しを乞うような姿勢でしばらく頭《こうべ》を垂れたあと目を開け、枠の中に手を差し入れた。そして手探りで枠の奥にある突起をずらした。すると、カサッと乾いた音がして枠が家具から外れた。

外れた枠を家具の横に立てかけ、さらに家具の奥に手を差し入れた。そして何かをつかむと静かに手前に引き出した。家具の奥からはやはり白木でできた黒い取っ手の大きな引き出しが現われた。そんな細工がしてある、この家具はたしか、からくり箪笥といっただろうか。

老公爵は大きな引き出しを引き抜き、引き出しごと家具の天板の上に置いた。中には青い布に包まれた赤ん坊ほどの大きさのものが静かに横たわっていた。老公爵は青い包みを抱くようにかかえてソファーに向かった。

ソファーに座り包みを解く。布の中から出てきたのはバイオリンだった。目を細めながらその褐色の美しい楽器を眺めた。艶やかな木肌、流れるような曲線。老公爵はその優美なラインを指でなぞりながら、はるか遠い昔の秘められた約束を思った。

その日本から来た少年は痩せていた。齢の頃は十二、三だろうか。東洋人は西洋人に比べて幼く見えるというから、もしかしたら自分と同じ年頃かもしれない、と、フェルナンドは思った。

少年は日本からの遣欧使節団とともに連れて来られた船大工の弟子だという。病を得てアルドブランディーニ家の使用人用の寝室に寝かされていた。

アルドブランディーニ家では、その日ローマ教皇庁の要請で使節団を歓迎する晩餐会が開かれていた。少年は邸に入れてもらえず、庭に座り込んでぐったりしているところをフェルナンドの母エリザベッタに助けられた。少年のただごとではない様子に、エリザベッタは急いで人を呼び、ベッドに運ばせた。医者に診せたところ、重篤な内蔵の病で少なくとも三月《みつき》、あるいはそれ以上の安静が必要だという。

それからひと悶着があった。

使節団はひと月後にはスペインに向けてローマを発たなければならないという。身寄りのない少年を親代わりになって可愛がり、ここまで仕込んできた船大工の親方は、なんとか出発を待ってもらえないかと上の者にかけあったが、船大工の弟子の病ごときで一国の遣欧使節団の予定が変えられるわけもなく、エリザベッタの口添えもあり、とりあえず少年は病が治るまでアルドブランディーニ家にあずけられることとなった。

スペインへの出発を翌日に控えた夜、船大工の親方が少年の枕元で囁いた。

「一緒に連れて帰れなくて、すまんなぁ。わしは一介の船大工だ。こんな遠い異国まで迎えに来てやることはとてもできねえ。大工の道具を一通り置いていくからよ。なんとかこれで食っていってくれ。わしがお前に教えられることはもうない。全部教え尽くした。お前は立派な船大工だ。ただ言葉もわからねえ異国に一人置き去りにせねばなんねえなんてなぁ。本当にすまねえ。許してくれ」

目を赤くして謝り続ける親方に、少年は掠れた声で言った。

「親方、大丈夫だぁ。おら、もともとあんましゃべるほうでねえから、今までどおり黙って仕事さしてればなんとかなるで。そげえ心配しねえでけろ」

親方は少年の寝ている寝台に突っ伏して、幼子のように嗚咽を始めた。少年は赤児をあやすように親方の頭を撫で続けた。

少年は名をニキチといった。年齢《とし》はフェルナンドと同じ十六だという。それを知ってフェルナンドはますます少年に興味を持った。フェルナンドには兄がいたが、年齢が一回りも離れていてほとんど話をしなかった。ニキチの身の上を案じる気持ちもあったが、フェルナンド自身、年齢が近い話し相手がほしかったのかもしれない。

あれこれ用事を作ってはニキチの寝ている部屋の前を通り、時々中を覗いた。ニキチはずっとベッドに横になったまま目を閉じていることもあれば、目を覚ましていることもあった。医者の話では病は徐々に快方に向かっているという。しかし誰とも言葉が通じないせいか、その表情は不安げでさびしげだった。

ある日、フェルナンドは思い切ってニキチに声をかけてみようと思った。

使用人部屋のドアをそっと開けて中を覗くと、ニキチはベッドの上で目を覚ましていた。フェルナンドに気づき、こちらをむいたニキチに

「やあ、入ってもいいかい?」フェルナンドは言った。

ニキチは戸惑ったような顔をしたが、フェルナンドはかまわず中に入った。

「僕はフェルナンド。この家の次男坊だ」

フェルナンドは、自分のことを話しているのだというように胸に手をあてて言った。

「君はニキチだろ?」

今度はニキチに向かって手を差し伸べて言った。ニキチは自分の名前が呼ばれていることに気がついたようだった。

それからフェルナンドはジェスチャーを交えて思いつくままいろんな話をした。ニキチは目を丸くして聞いていた。フェルナンドのジェスチャーがおかしいのか、時々

声を出して笑うこともあった。

「なんだよう。笑うなよ」

フェルナンドがふくれてみせると、ニキチはごめんごめんというように手を合わせながら、なおも笑い続けた。

この日からフェルナンドは毎日のようにニキチの部屋を訪れ、ニキチに言葉や文字を教えた。


医者の言葉通り、ニキチは三月もすると起きて動けるようになり、やがて屋敷の雑用を手伝うようになった。言葉もフェルナンドのおかげで片言ながらしゃべれるようになっていた。

ある日、庭師のエドについて、庭木の剪定を手伝っていると、

「この木には気をつけろよ。うっかり素手で触るとひどい目にあう」

一本の木を指差してエドが言った。

「名前は知らんが、なんでも先代の旦那様が東洋のどこかの国からお取り寄せなすったらしい。それはいいが、この木、素手で触ると手が真っ赤に腫れて痒いのなんの。悪いことは言わねえ。この木にはあんまり近づかないほうがいいぞ」

ニキチはその木に見覚えがあった。親方の使いで塗りの職人の家を訪れたとき庭にこの木が植えられていた。その職人にも同じようなことを言われた覚えがある。

少し灰色をおびた幹、芭蕉扇のような形の枝先、その枝先にギザギザのない筆柿のような細かな葉が集まっている。

ニキチはその職人の家の庭で、うかつにも幹を伝う汁を指で触ってしまった。痒いなと思って見ると手が真っ赤に腫れている。

「やられたか。みろ、言わんこっちゃない。こうなったら勝手に治まるまで待つしかねぇ。なあに、次はひどくならねぇ、そのうちぺろぺろ舐めてもどうもなくなるでな」

ニキチの手をみて職人は言った。

秋になると、それは見事に色づく木。それは漆の木だった。

屋敷の漆は植えられてからかなり経つとみえ、枝を縦横無尽に張り、太い幹からにじみ出た樹液が、ところどころに黒く変色してこびりついていた。ニキチはそれをじっと見ていたが、やがてエドに呼ばれて楡の木の剪定の作業にかかった。

「ご苦労さま。ねえニキチ、次の礼拝に一緒に教会に行かない？　フェルナンドも一緒よ」

庭仕事を終えたニキチにエリザベッタが声をかけた。エリザベッタはこのところニキチに熱心にキリスト教入信を勧めている。最初は遣欧使節団の乗組員全員がキリスト教徒だと思っていたらしい。ところが、ニキチがキリストのキの字も知らないのでエリザベッタはたいそう驚いた。

「はあ」

戸惑いながら返事をするニキチにエリザベッタは優しく微笑んで、

「じゃあ、日曜日にね」と言って庭に下りていった。

ニキチは迷っていた。

日本では八百万の神というようにありとあらゆるものに神さんが宿っていた。ところが、この国では神さんは一人だけらしい。そんな異国の神さんを自分は信じられるだろうか。

だけど、これから先この異国でおらは生きていかなくちゃなんねえ。だば、異国の神さんとも仲良くしねえとな。フェルナンドも一緒だ。心配ねえべ。

ニキチは教会に行ってみることにした。

日曜日。ニキチはフェルナンドの小さくなった洋服を借りてアルドブランディーニ家の人々と一緒に教会にやって来た。少しだぶつく胴回り、落ちそうになる洋袴を気にしながら、ニキチは教会の中に入った。

ニキチは息をのんだ。高い天井。柱という柱に施された細かな彫り物。大きな窓には赤や青や黄色、さまざまな色で描かれた絵が陽の光にきらめいている。

フェルナンドに促されてニキチは一番後ろの席についた。やがて牧師の説教が始まった。牧師の話は難しい言葉が多くてニキチには半分もわからなかった。最後にみんなで奇妙な歌を歌った。賛美歌という歌だそうだ。


「どうだった?」

礼拝の帰り、フェルナンドが聞いてきた。

「すごくきれいだった」ニキチが言った。

「話はわかったかい?」

「あんまり」

「だろうな。僕も全部はわからない」

ふうん、フェルナンドもわからないのか。ニキチも寺の和尚の説教を聞いたことがあるが、あんまりよくわからなかった。一緒にいた親方はありがたそうに聞いていた。

今日もエリザベッタ奥様や大人の人たちは牧師さんの説教に熱心に耳を傾けていた。もしかしたら神さんのことは、親方やエリザベッタ奥様の年齢にならないと本当にはわからないのかもしれない。ニキチはそう思った。

フェルナンドは歩きながら聖書というキリスト教の書物のことや、あの教会の窓の絵は聖書の中の物語を描いたものだということを話してくれた。どんな物語なんだろう。ニキチはガラスに描かれた色鮮やかな絵を思い出していた。

ニキチがアルドブランディーニ家に預けられてから半年が過ぎた。

ある日、ニキチが庭木の剪定で落とした枝を集めて、エドのところに持っていくと、エドは焚き火で不用な枝と一緒に屋敷で出たゴミを燃やしていた。ニキチは持ってきた枝を下に置いた。ふと見ると、ゴミの中に木の箱のようなものがある。ニキチは気になってエドに尋ねた。

「これもゴミだか？」

「ああ、奥様の衣裳箱だな。壊れて蓋が閉まらなくなったんだと」

「うんだか」

ニキチは木の箱をゴミの中から拾い上げた。砂埃を払うと、美しい彫り物が施された蓋と不恰好にひしゃげた箱が現れた。しばらくそれを見つめた後、ニキチは言った。

「これ、おらに譲ってもらえねえべか？」

「そりゃ、どうせ燃やしちまうもんだからよ、やってもいいが、そんなもん何にするんだ？」

不思議そうな顔をしてエドが聞き返した。

「うん、ちいと」

そう言うとニキチはひしゃげた箱と蓋を持って屋敷の裏口のほうに入っていった。


その夜、いつものように話をしに来たフェルナンドが、自分の部屋に引き上げた後、ニキチはベッドの下から昼間ゴミの中から拾った木の箱を出した。別に隠すつもりはなかったが、わざわざ言うことでもないだろうと思った。

ニキチは彫刻を施された蓋をわきに置いて、まず見事にひしゃげた箱本体をじっくり眺めた。さわってみると微かに動く。そこで歪みを直そうと少し力を入れると、グシッという音と共にあっけなく板が外れた。

みると外れた板の両端にごってりと何かが塗りつけられている。

「ニカワか」

ニキチはつぶやいた。そしてほかの板も外し始めた。あとの板も面白いように簡単に外れた。すべての板を外し終えると、ニキチはぼろ布を探して水で濡らし、固く絞ってニカワを剥がし始めた。

それにしてもこんなところにニカワを使うとは、ずいぶんずさんな作りの家具だ。もしおらがこんなずるをしでかしたら、間違いなく親方にぶん殴られるところだ。一心にニカワを剥がしながら、ニキチは親方の厳しい顔を思い出していた。

翌日もフェルナンドが帰ってから、ニキチは作業にかかった。ばらばらになった木の箱をじっくり眺める。作りはお粗末だが、よく見ると木材自体の質は悪くない。妙なくせも反りもない。

「よし」

ニキチは船大工の道具箱を開いた。

まず、ニカワを塗りたくって嵌め込まれていた凸の部分を切り落とすことにした。箱の幅は前より少し狭くなるが、まあ仕方がない。

四つある凸をすべて切り落とすと、今度は手ノミを取り出した。新しい凸を作るためだ。対になる凹より少し大きめの凸を作らなければならない。ニキチは慎重に手ノミを動かした。

手ノミを使うのは何ケ月ぶりだろうか。ニキチは考えた。体が動くようになってから、ニキチは毎日欠かさず大工道具の手入れをしていた。中でも手ノミの手入れは念入りにした。親方は自分が持っている中で一番いい手ノミをニキチのために置いていってくれた。大事に使わねえとな。手ノミを慈しむように、ニキチは四つの凸を仕上げていった。底板も寸法を合わせて鉋をかけた。

組み立てるのは明日にしよう。凸を凹に押し込むのに木槌を使わなければならない。相当でかい音が響くだろう。幸い明日は日曜日だ。アルドブランディーニ家の人たちが礼拝に出かけている間は多少音を立てても大丈夫だろう。

ニキチは組み立てるばかりになった木の箱と大工道具をベッドの下にしまい、散らかった木くずを軽く掃除して、寝支度にかかった。


アルドブランディーニ家の使用人部屋から木槌の音が響いている。日曜日。家人や使用人のほとんどが教会の礼拝に出かけていた。屋敷に残っているのはニキチと庭師のエドだけだった。

エドは、一緒に庭に出ようとするニキチを「たまには休めや」と肩を叩いて引きとめ、自分は庭におりていった。ニキチは少し迷ったが、今日だけと決めてエドの言葉に甘えることにした。

部屋に戻るとニキチは早速作業にかかった。ベッドの下から昨日組み立てるばかりに仕上げた家具を出して、凹と凸の幅を確かめた。ニキチの意図したとおり、凹より凸の幅がわずかに広い。

道具箱から木槌を取り出し、一つの側板の凹に別の側板の凸をあてがって叩く。すると、ぐっ、ぐっ、ぐっ、と、凹の中に凸が少しずつめり込んでいく。ニキチは奥まで押し込まず、半分ほど押し込んでから底板をあてがい、また叩く。そして次の側板をあてがってまた半分だけ押し込む。そうやって四枚の側板を組み終えてから、順番に少しずつ凹に凸を押し込んでゆく。最後までしっかり押し込むと、木が答えるようにカンカンといい音がした。これで、凹と凸の木の繊維が潰れて絡み合い、決して抜けることはない。

ニキチは最後に、ひとまわり小さくなった箱に合わせて、きちっと嵌まるように蓋の裏に溝を掘って作業を終えた。

夕食後、いつものようにフェルナンドがニキチの部屋を訪れると、見慣れない家具があるのに気づいた。いや待て、この箱には見覚えがある。たしか前に母のエリザベッタの部屋で見かけたものだ。なぜニキチの部屋にあるのだろう。

「これは？」

フェルナンドが家具を指差して尋ねた。

「ああ、壊れて捨てられていたのを拾って直したんだ」

ニキチは言った。

「直した？　そう言えばニキチは船大工だったな。へえ、家具も直せるのか。でもこれ、どこが壊れていたんだ？　全然わからないぜ。すごいじゃないか」

フェルナンドは木の箱の蓋を開けたり、箱をひっくり返したりしてしげしげと眺めた。

「余計なことして、奥様怒らねえべか？」

ニキチは不安そうに家具を見つめた。

「怒るもんか。きっと喜ぶよ。今から見せに行こうぜ」

フェルナンドは尻込みするニキチを説き伏せ、家具をエリザベッタの部屋に運んだ。

ドアを開けたエリザベッタは目を丸くした。

「まあ、どうしたの？　この衣装箱。たしか壊れて捨てたはずよ」

「ニキチが直したんだ」

フェルナンドは自慢げに言った。まるで自分が直したかのように。

「まあ、ニキチが？」

エリザベッタはニキチの顔を見た。ニキチは謝る言葉を探したが、見つからず、うつむいた。

エリザベッタは箱の蓋を開けた。そして箱を叩いたり角と角を持って引っ張ったりした。

「直ってるわ。いいえ、前よりもよくなってる。この衣装箱は買ったときからギシギシと変な音がしていたのよ。強く引っ張ると外れそうだったの。でも今はびくともしないわ。まるで魔法みたい」

エリザベッタは興奮ぎみにそう言った。かなり早口だったせいか、ニキチには何を言っているのかわからなかった。

「ニキチ、素晴らしいわ」エリザベッタはニキチに抱きついた。

ニキチはとても驚いた。なんだかわけがわからなかったが、エリザベッタもフェルナンドも笑っているので、少なくとも怒られているのではないらしいということはわかった。

フェルナンドは笑いながらニキチに向かって片目を閉じた。

翌日からニキチは家具の修理という新しい仕事を与えられた。

最初の仕事はエリザベッタからの依頼だった。直した木の箱と同じような衣装箱が三棹。それをあの木の箱と同じように補強してほしいという注文だった。壊れてはいないが、変な音がして今にも外れそうだという。

見るとどの衣装箱もニカワがべっとり塗りつけられていた。

「バリオーニの店で作らせたんだけど、なんだか変なのよ。あの店、昔はそれは評判がよくて、いいものを作っていたのに、最近急に質が落ちたみたい」

エリザベッタはそう言って眉を寄せた。

ニキチは一通り衣装箱を見終わると、少しサイズが小さくなっても構わないかと尋ねた。

「もちろん構わないわ。あんなふうに丈夫できれいになるのなら」

エリザベッタは笑顔で言った。

ニキチは三棹の衣装箱を、前に直した木の箱と同じように丁寧にニカワを剥がし、新しい凸を作って組み立て直した。その仕上がりにエリザベッタはまたも大喜びした。

その後、厨房の戸棚や食堂のテーブルなど、頼まれるまま家具を直した。

ある日ニキチはエリザベッタの部屋に呼ばれた。ドアを開けるとエリザベッタの横に見知らぬ婦人が立っていた。

「あ、ニキチ、こちらベラルディーノ夫人よ」

エリザベッタが婦人を紹介した。

「実は彼女も衣装箱を直してほしいと言ってるのよ。この前直してもらった衣装箱を見せたら大変気に入ってね」

そう言ってエリザベッタは前に置いてある衣装箱の蓋を開けた。

「これなんだけど」

それは前に直したものと同じような衣装箱だった。やはりニカワがごってり塗りたくってある。

「ちいと小さくなるども、構わねえだか?」

ニキチが尋ねると、ベラルディーノ夫人は笑って、

「ええ、構わないわ。エリザベッタのあの衣装箱のようにきれいになればね」

と言った。

数日後、直した衣装箱を持ってニキチはエリザベッタとともにベラルディーノ家を訪れた。ちょうどお茶会の最中で、二人が通された広間には着飾った婦人がたくさん集っていた。ニキチは自分は場違いだと思い、衣装箱を置いてそそくさと立ち去ろうとしたが、ベラルディーノ夫人に呼び止められ、

「あなたもここにいて」と言われた。

「皆さん、彼が今話していたニキチです」

ベラルディーノ夫人がニキチを横に立たせて言った。

婦人たちの視線がいっせいにニキチへと注がれた。ニキチはおどおどするばかりだった。

ベラルディーノ夫人は届けられた衣装箱の蓋を開けた。婦人たちは視線をニキチから衣装箱に移した。

「これ、釘もニカワも使っていないのね」

「きれいねえ」

「それにとっても頑丈そうよ」

婦人たちは口々に賞賛し、衣装箱を叩いたり揺らしたりした。

ニキチはどうしていいかわからず、エリザベッタのほうを見たが、エリザベッタは

何も言わずに笑っているだけだった。

アルドブランディーニ家には、東洋から来た腕のいい家具職人がいるという噂はまたたく間に街中に広まった。


それからというもの、ニキチのもとにはひっきりなしに家具の修理の依頼が持ち込まれた。

狭い使用人部屋にはあちこちの屋敷から運び込まれた家具が山積みになり、作業する場所もない状態になった。フェルナンドが見かねてエリザベッタに相談し、二人は屋敷の近くにニキチのために小さな家を購入した。

ニキチは二人に感謝し、その小さな家で朝から晩まで家具の修理に励んだ。

戸棚、テーブル、書斎机、椅子、そして衣装箱。ありとあらゆる家具を修理した。まずどういう作りの家具かじっくり眺め、それから問題のある部分を探す。ニキチはもともと船大工で、家具は素人に近い。国にいたときもほとんど触ったことがなかった。ただ木を扱うこと、その知識と感触を叩き込まれただけだ。それでかえって変な思い込みを抱かず、目の前の家具に素直に向き合えたのかもしれない。ニキチはただ黙々と家具を直し続けた。

ニキチはやがて家具の修理ばかりではなく自分でも家具を作るようになった。ニキチの作る家具は装飾こそ少なかったが、丈夫で使い勝手がいいと好評だった。

しかし、ある時期から木材の仕入れが滞るようになった。納入されて来るものも曲がっていたり節があったり、伐ったばかりでまだ使えないものだったり、質の悪いものばかりだった。

フェルナンドが調べたところ、大手家具工房バリオーニの跡取り息子ジラルドの差し金だということがわかった。

あのニカワだらけの衣装箱は、ジラルドが作ったものだという。それをニキチが片っ端から直しているのが気に入らないらしい。

「汚ない嫌がらせしやがって。ジラルドのやつ、腕もないくせにニキチに嫉妬してるんだ」

フェルナンドは顔を真っ赤にして怒った。

「まあ、五年も経てばこの木だって立派に使えるし、曲がったこの木もくせを生かせば面白いもんになる。注文通りのもんはできねえども、どの木も縁あっておらのところに来たんだ。粗末にはできねえ」

ニキチは曲がった木材を撫でながらつぶやいた。

「エン？　なんだ？　それ」

フェルナンドが不思議そうに聞き返した。

縁。この国の言葉でどう言えばいいのだろう。ニキチはしばらく考えていたが、やがてあきらめて言った。

「うーん。わがんねえ」

それからニキチは曲がった木を使って不思議な形の家具を作った。人々は驚いたが、その独特な趣きがうけて、これもまた好評を博した。

程なくして曲がった木材はぴたりと納入が止まり、再び真っ直ぐの上質なものが入ってくるようになった。

それを聞いてフェルナンドは
「ジラルドのやつ、どんな顔をしてんだろうな」

と腹を抱えて笑い転げたが、ニキチは相変わらず目の前の仕事を淡々とこなした。

次に滞ったのはニスの仕入れだった。これもまたジラルドの仕業だということは明白だった。

「お屋敷の庭に漆という木があるんだども、その木の汁を少し取らせてもらえないだろうか？　ニスの代わりになるかもしれねぇだども」

ニキチが尋ねるとフェルナンドは驚いて言った。

「へえ、うちにそんな木があるのか」

「エドのおやじさんが、かぶれるから気をつけろって教えてくれたんだ。たぶんあれは漆だ」

「ふうん。聞いてみるけど、構わないと思うよ。っていうか、きっと誰も知らないよ」

フェルナンドはそう言っていたずらっぽい笑みを浮かべた。

フェルナンドのはからいで漆の採取の許可を得たニキチは、早速アルドブランディーニ家の庭を訪れた。庭に入るとエドに挨拶をし、漆の木に近づいた。エドは心配そうに遠くからニキチを見つめていた。

漆の木の前に立つとニキチは木肌を素手で撫でた。

「すまねえが、おめえさんの汁をちいとわけてけろな」

そう言うとニキチは小刀で幹に斜めに傷をつけた。

しばらくすると傷口から乳白色の樹液がにじみ出てきた。ニキチはそれを大事そうに木べらでこそげ取り、湯呑みのようなものに入れた。またしばらくするとじわじわと樹液が滲み出し、それをまたこそげ取った。何度かこそげ取ると樹液は出なくなった。これが限界か。集めた漆をみると、小さな湯呑み半分にも満たない量だ。

「痛かったなあ。ありがとうなあ」

ニキチは樹液の入った湯呑みを大事に抱え、真っ赤にかぶれた手で漆の幹を再び撫でた。

仕事場に戻るとニキチは手の痒さも忘れて、早速採取した樹液を布で濾した。一滴も無駄にすまいと力を込めて絞り出し、濾した液を木べらで成分が均一になるように攪拌する。これが飴色の透き漆だ。このまま塗って乾かせば、もっと濃い飴色になる。鉄粉を混ぜたり天日に晒せば文字通り漆黒になる。ニキチはこのまま塗ってみることにした。

初めて漆を試すのにニキチが選んだのは小さな飾り棚だった。これなら少量の漆でも塗り切れるだろう。飾り棚の表面に木べらで少しずつ漆を塗り付け、それを布で伸ばし、すり込んでいく。すり込みという方法だ。刷毛で塗るより塗膜は薄くなるが、貴重な漆を多量に使わなくて済む。国にいたとき塗り師から教わった漆についての知識をニキチは総動員した。

塗った漆を乾かすときについても塗り師は面白いことを言っていた。

「普通、湿気があると濡れたもんは乾かんだろ？　ところが、漆ってやつは湿気がないと乾かんひねくれもんだ。だからこうして濡れ雑巾を置いといてやるんだ」

塗り師はそう言って仕事場に濡れ雑巾を干していた。

ニキチはそれに習って漆を塗り終えた飾り棚の傍らに濡れ雑巾を干した。飾り棚は翌日には乾いていた。注文主の婦人は「まあ、いい色合いだこと」と褒めてくれた。

ニキチはそれから幾度か漆を採取し家具を仕上げた。その出来映えはおおむね好評で、なかにはその独特の風合いを『ジャポネ』と呼び、ありがたいことに多量に注文してくれる大富豪もいた。しかし、一本の木から採取できる漆の量は限られている。ひっきりなしに飛び込んでくる注文にはとても応じられなかった。何より傷だらけの漆の木をニキチは少し休ませたかった。

ニキチは考えた。何も塗らねえ白木のままの家具は売れねえもんだべか。木の表面に丁寧に鉋をかければ、白木のままでも立派な家具になるはずだ。

翌日からニキチは家具の注文をすべて断って、鉋のかけ方を研究した。まず刃をできるだけ薄く出してかけてみる。いつものように、手前から向こうへ、手前から向こうへ。

刃を何度も研ぎ直し、角度を変えたりしてみたが、満足のいく仕上がりにはならなかった。ニキチは思いあぐねて鉋を見つめた。親方ならこんなときどうするだろう。

「鉋に聞け」

親方の声が聞こえたような気がして、ふと鉋を見る。そうだ。ニキチは思いついて鉋の向きを変え、向こうから手前に引いてみた。すると力を入れずに素早く削れた。仕上がりも比べようのないくらい良い。木肌の手触りが全然違った。なんで今までこんなことがわからなかったのだろう。ニキチは、向こうが透けて見える程薄い鉋屑を手にとって眺めた。

それからニキチは何度も鉋を調整し、ようやく満足のいく仕上がりを手に入れた。ニキチの考えた通り、白木のままの家具はニスを塗ったそれに劣らぬ仕上がりだった。人々は最初こそ戸惑ったが、やがてこれもまた独特の品の良さで好評を得た。

ニスは程なく再納入され始めた。


「面白いもん作ったんだども、見てくれるだか?」

ニキチははにかみながらフェルナンドに言った。恥ずかしそうではあるが、早く見せたくてうずうずしている様子だった。よほどの自信作なのだろう。

「今度はなんだ?　ニキチには驚かされっぱなしだからな。ちっとやそっとじゃ驚かないぞ」

フェルナンドは言った。

「これなんだども」

ニキチは家具にかけてあった布を外した。それは白木の家具だった。大人の腰ほどの高さで、前面に小さな引き出しがいくつもついている。

「へえ、変わった形の家具だな。でもどこが面白いんだ？」

フェルナンドは家具の周りを一回りし、近づいたり離れたり、立ったりしゃがんだりしてしげしげと眺め回した。

「まあ、見ててけろ」

ニキチはいたずらっぽく笑って、家具の引き出しを引き抜き始めた。十数個ある引き出しを次々に引き抜き、全部抜き終わると、枠だけになった家具の前面から手を差し入れ、中にある何かを横にずらした。するとカサッという音がして枠が外れた。

ニキチは驚いて見ているフェルナンドに構わず、外れた枠を脇に立てかけ、家具のさらに奥に手を差し入れた。そして何かを掴むとゆっくりと引き出した。それは大きな隠し引き出しだった。フェルナンドは目を丸くした。

「どうだべか？」

ニキチは不安げに尋ねた。

「素晴らしいよ。どこでこんなこと習ったんだ？」

フェルナンドは腕を大きく広げてニキチの仕事を讃えた。

「このあいだふと思いついて、ちょうど注文も一段落したところだったんで作ってみたんだ」

「ふうん、そうかあ。うーん、でも残念ながら問題が一つある」

フェルナンドは腕組みをしながら言った。

「どこだ？　何でも言ってけろ」

ニキチは気を悪くするどころかかえってうれしそうに言った。

「あのさ、これは秘密の引き出しだろ？」

フェルナンドは言った。

「うん、そんだ」ニキチはうなずいた。

「ニキチの作った家具だからまあそこそこ売れるだろうな」

フェルナンドは言った。ニキチは黙っていた。

「で、だ。この家具を買った連中はみんな秘密の引き出しのことを知っていることになる」

「あ！」

ニキチは小さく叫んだ。

「だろ？　みんなが知ってしまったらもう秘密じゃなくなるってわけだ」

フェルナンドは言った。

「はあ、そんだなあ。そんだらこと、おら考えもしなかっただよ」

ニキチはため息をついた。

「だども、そればっかしは直しようがねえな」

二人は引き出されて仕事場の床に散乱した十数個の小さな引き出しと大きな秘密の引き出しを黙ってしばらく眺めた。

やがてフェルナンドは言った。

「なあニキチ、この家具、僕に譲ってくれないか？」

「ああ、それは構わねえけんど」

ニキチは答えた。

「この仕掛けのことは僕とニキチだけの秘密だ」

フェルナンドが言うとニキチは黙ってうなずいた。

「生涯をかけて守りたいものができたら、僕は必ずこの秘密の引き出しに入れる」

フェルナンドはそこで言葉を切り、ニキチの顔をじっと見つめて問うた。

「覚えておいてくれるか？」

フェルナンドの真剣な眼差しにニキチは一瞬戸惑った。フェルナンドは何を言っているのだろう。

「当然だろう。僕以外にこの引き出しを開けられるのはニキチしかいないんだから」

フェルナンドはすました顔で言った。

「それが、こんな面白いものを作ったやつの責任ってもんだ」

ニキチはなんだか、からかわれているような気がしたが、この同い齢の友達が急になぜかとても大人に見えた。思えばニキチがこの国に来てから六年の歳月が流れていた。

フェルナンドの結婚が決まったのはそれから間も無くのことだった。相手は伯爵家の令嬢だった。それを聞いたときニキチは驚いた。フェルナンドには別に好きな娘がいて、てっきりその娘と一緒になるものとばかり思っていたからだ。

「どういうことだ？」

フェルナンドに聞いても何も答えない。ただ辛そうに目を伏せるだけだった。

エドから聞いた話によると、身分の違いからその娘との結婚を反対されたそうだ。

「坊っちゃまはそれでもどうしてもと頑張んなすった。終いにゃ公爵の位を捨てるとまで言いなすったが、思いは届かず、やがて娘は異国へ嫁がされちまった」

エドはそう言って目を赤くした。


ニキチは何も知らなかった。フェルナンドはどんなときもニキチの味方だったのに、フェルナンドが辛いときに何の力にもなれなかった。ニキチは悔しかった。悔しくて涙が出た。この国に来て初めてニキチは泣いた。

「でも、あのとき一番力をくれたのはニキチだったんだ。ニキチの一心に仕事をしている背中が、だれのどんな言葉よりも僕を励ましてくれた。ニキチには本当に感謝しているよ」

のちにフェルナンドはそう語った。しかしそれは結婚から何年も経ってからのことだった。二人はお互いを庇うように何年もその話題を避けていた。

フェルナンドの婚礼のための家具を、ニキチは精魂込めて作った。とても辛い仕事だったが、ニキチは他の注文をすべて断り、フェルナンドの前途が少しでも幸せになるように思いをこめて半年がかりで仕上げた。エリザベッタの提案でニキチの作った婚礼家具はアルドブランディーニ家の大広間で一般公開されることになった。国中から大勢の来訪者があり、口々にニキチの家具の出来栄えを賞賛した。とくに婚礼を控えた貴族の娘たちからは、羨望の眼差しが注がれた。それほど見事な婚礼家具だった。公開期間が終わるとニキチはそれを、例の隠し引き出しのある家具と一緒に、フェルナンドが見知らぬ新妻と住むことになる新居に納めた。

フェルナンドの新しい住まいは、アルドブランディーニ家の屋敷からさほど遠くないところにあった。人夫を五人ほど雇い、ニキチはその若い公爵の真新しい屋敷に家具を運び入れた。

寝室やダイニングに必要な家具を入れたあと、ニキチはフェルナンドの書斎となる部屋に向かった。庭を見渡せる窓際に机を置き、その横に書籍用の戸棚を置いた。そして反対の壁際に小さな引き出しが幾つもついたあの不思議な形の家具を設置した。最後に部屋の中央に座り心地の良さそうなソファーを置いてニキチは部屋を出た。

それからさらに十年の月日が瞬く間に過ぎた。

フェルナンドは妻との間に二人の子供をもうけ、家庭人として公爵として穏やかな生活を営み、ニキチは嫁も娶らずただ一心に家具を作るという暮らしを続けていた。

ある日ニキチは注文主のところに家具を納めた帰り、町の広場を通りかかった。広場にはいつものように物売りの声が響き、大道芸人の演奏する音楽が流れていた。ロベルトはどうしたのだろう。ニキチはいつもここにいる顔見知りのバイオリン弾きが見当たらないことに気づいた。

この国の音楽のことはよくわからないが、彼の弾くバイオリンのどこか物哀しい音色が、ニキチはなんとなく好きだった。

そばにいた道化師のマリオに話を聞くと、ロベルトは三日ほど前、酔っ払いに絡まれて商売道具のバイオリンを壊されたという。

「修理する金もないってぼやいてたよ」

マリオは気の毒そうに言った。

ニキチはしばらく考えてからマリオに言った。

「すまねえけんど、ロベルトの住んでいるところ知っていたら教えてもらえねえべか」

「ああ、いいよ」

マリオはうなずいた。

自分に何ができるかわからなかったが、ロベルトのバイオリンが聴けなくなると思うとニキチはとても残念だった。何より自分の腕一本で生きるロベルトの姿は、ニキチには他人事ではなかった。力になれるものなら、なんとか力になりたかった。

ロベルトの家は町のはずれにあった。雨露を凌げるだけの粗末な小屋で、窓もない。それでも中に入ると掃除の行き届いた小さな部屋が現れた。

ロベルトはニキチの突然の訪問に少し驚いていたが、すぐに笑って迎え入れてくれた。

「話は聞いただよ。災難だったなあ」

ニキチが声をかけると、

「ああ、ずっとアイツと、あのバイオリンと一緒にやってきたのに、大事な相棒なのに、直してやることもできねえ。まったく情ねえよ」

とロベルトはため息をついた。

「そのバイオリンだども、ちょっとおらに見せてくれねえべか？」

ニキチは言った。

「いいけど、ニキチ、まさかバイオリンも直せるのか？」

ロベルトは立ち上がって、棚の上にあったバイオリンケースをテーブルの上で大事そうに開いた。中には無惨に前面を砕かれたバイオリンが入っていた。

「うーん、残念ながら、おら楽器のことはさっぱりわからねえ。わかるのは木材のことだけだ。直せるという保証は何もないけんど、このバイオリン、しばらくおらに預からせてもらえねえべか？」

ニキチは壊れたバイオリンを見つめながら言った。

ロベルトはしばらく考えていたが、やがてバイオリンケースを閉じながら言った。

「わかった。ニキチがそう言うんなら」

ロベルトはバイオリンケースをそっとニキチに手渡した。

「俺の相棒を、頼むよ」

ニキチは黙ってうなずき、古びた木製のケースを受け取った。


工房に戻ると、ニキチは早速バイオリンケースを開いた。

砕かれた部分がそれ以上崩れないように、細心の注意を払いながらバイオリンを取り出した。そしてそれを作業台の上にそっと置くとしばらくじっと眺めた。ニカワだな。そうつぶやくと、ニキチはおもむろに作業に取り掛かった。

ニキチはまず切れた弦を丁寧に外し始めた。すべて外し終えると、今度はやかんを火にかけて湯を沸かした。蒸気でニカワを剥がすためだ。

湯が沸く間に、ニキチはバイオリンを出した後のケースの中を確かめた。中には木の欠片がいくつか大事そうにまとめて入れられていた。バイオリンを壊されたとき落ちた破片を、ロベルトが一つ一つ拾ったのだろう。ニキチはそれをバイオリンを載せた作業台の上に一緒に並べた。

破片の断面から、使われている木材はだいたい見当がついた。スプルースとメープルだ。ニキチは頭の中で手元にストックがあるか確認した。たしかこの間、材木屋のジーノが質のいいスプルースを廻してくれただ。メープルもなんとかなるだろう。うん、大丈夫だ。ニキチはひとりうなずいた。

それにしても、とニキチは考える。ジーノや、ニスを卸してくれているサンドロ、それに鍛治屋のラウル。おらの仕事を助けてくれるのはみんないい奴だ。腕もいいし気っ風もいい。特にラウルはおらのわがままな注文を逐一聞いてくれる。ノミや鉋の刃はほんのちょっと何かが違っても刃の立ち方が違ってくる。当然家具の仕上がりにも違いが出てくる。おらが下手な言葉と身振り手振りで、どういう刃が必要か説明するとラウルはそれを黙って聞き、何日か後には注文通りの刃を渡してくれる。ラウルがいなければ家具の仕事は続けられなかっただろう。

そんなことを考えながらニキチは湯が沸くのを待った。

やがて湯が沸き、やかんから湯気が上がった。ニキチはそっとバイオリンを持ち上げ、やかんの注ぎ口から噴き出す蒸気に、バイオリンの前面の部品と部品の間の繋ぎ目の部分をかざした。

ニカワは難なく剥がれた。ニキチはまず表板に付いている部品から注意深く外し始めた。どこにどういう部品があるか頭に入れながら、外した部品を順番に作業台の上に並べた。表板の上の部品をすべて外し終えると、表板につけられた大きな傷が現れた。ニキチは表板とバイオリン本体との繋ぎ目に蒸気を当てた。ニカワが剥がれ、表板はかすかに動いた。

あの美しい音色はこの中で作られるのか。まるで秘密の箱を開くように、ニキチは表板を外した。優美な曲線を持つその美しい箱の中には、ただ一本の折れた小さな木の棒が入っているだけだった。ニキチは外した表板を作業台の上に並べると、折れた棒を拾って手の平にのせた。そしてしばらく眺めたあと作業台の上にそっと置いた。

それからニキチは表板を外したあとのバイオリン本体を丹念に調べた。幸い側板にも裏板にもネックの部分にも目立った傷はなかった。この部分はニスの塗り直しだけで済むかもしれないと、ニキチは思った。ロベルトが相棒と呼んでいたバイオリンだ。

できるだけ元の部品を残してやらねえとな。

表板の内側に付いていた部品も外し終えて、ニキチが次に行ったのは壊れた部品の復元だった。ニキチは作業台の上の部品を一つ手に取った。そして破損した部分の断面を見てそこにぴったり嵌まる破片を探した。いくつか当てがってみているうちに、それらしい破片を見つけることができた。ニキチはそれをニカワでぴったりと接着した。同じようにほかの部品もそれに合う破片を見つけてニカワで接着していった。中には崩れてうまく嵌まらず穴が開いてしまうものもあったが、それはそれでそのままにしておいた。

こうしてひと通り部品の復元が済むと、ニキチは部品が並んだ作業台の上にそっと布をかけた。

あとは明日にするべ。そうつぶやくとニキチは簡単な掃除をし、パンをかじりながら寝支度を始めた。

翌日からニキチは本格的にバイオリンと格闘することになった。バイオリンの知識が全くないニキチが最初にしたことは観察と模倣だった。

ニキチはまず紙に部品の図面を正確に書いた。分解しなかった裏板とネックの部分も、独特の曲線に苦労しながら、丁寧に寸法を測って実物大の図面を起こした。図面には木目の方向も書き込んだ。そっくり模倣するのには木目は欠かせない情報だということをニキチはわきまえていた。

図面を書いているうちにニキチは、紙の上では表せないものがあることに気づいた。表板と裏板の表面の微妙なカーブと内側のくり抜きの深さだ。

ぴったり同じものを作るにはどうしたらいいだべか。ニキチは考えた。家具を作るときに使う定規を当ててみたり、巻き尺を使ったり、試行錯誤した挙句、ニキチは薄板を削って特別な定規を作ることにした。

まず薄板をバイオリンの横幅に合わせて適当な大きさに切り、一辺を丸みを帯びた表板の表面のカーブに合わせて丸く削った。表板に垂直に立ててみて隙間なくぴったり嵌まるまで削った。カーブは場所によって違うので、何箇所かのカーブの定規を同じように作った。内側のくり抜きのカーブについても同じ要領で、ニキチは定規を作っていった。この定規に合わせて表板を削れば同じカーブのものが作れるはずだ。ニキチは思った。

早速ニキチは表板を作り始めた。木材置き場に行き、ストックしてある材木の中からスプルース材を手に取り、ニキチは拳で軽く叩いてみた。よく乾いたいいスプルースだ。ニキチはうなずき、そのスプルースを持って作業台に向かった。

ニキチはその上質な木材を図面通りに丁寧に切り、片面に丹念に鉋をかけた。そして鉋をかけていない面を丸く削り始めた。先ほど作った定規を時々当ててみながら、ぴったり隙間なく嵌まるまで削った。もう片面も本体との接着面を残して少し内側から同じように定規を当てながら削っていった。

表板を削りながら、ニキチは考えた。これで果たして本当に元の表板と同じものが作れるんだべか。何か大事なことを見落としていねえだか。このやり方だと確かに寸法も形も同じものができる。だども、この木材は元の表板とは違う。木は生き物だ。一つとして同じものはない。いや、同じ木でも固いところもあれば柔らかいところもある。決して均一ではねえだ。

これは家具ではなく楽器だ。ニキチは削り終えた表板を拳で軽く叩いてみた。コンコン、と乾いた高い音がした。場所を変えてまた叩いた。今度は先ほどより微妙に低い音だった。もう一度違うところを叩くとまた違う音が聞こえた。

ニキチは今度は元の表板を叩いてみた。微妙な音程の差はあるが、どこを叩いてもほとんど同じ音がした。試しに裏板の方も叩いてみたが、やはり同じ音がした。

固い木材は叩くと高い音がする。反対に柔らかいと低い音を立てる。ニキチは経験上そのことを知っていた。固さが均一ではない木材で、叩いて出る音を均一にするには厚さを変えなければならない。

だども、バイオリンは叩いて音を出す楽器ではねえだ。今考えていることがもし見当違いのことだったら。ロベルトの相棒を台無しにしてはなんねえ。ニキチは考えた。さっき書いた図面をもとに一度一からバイオリンを作ってみるべ。幸い木材は充分ある。いろいろ試して一番いい方法を考えよう。ロベルトの相棒を直すのはそれからだ。

ニキチはばらばらになったロベルトのバイオリンの部品を、そっとバイオリンケースにしまい、再び木材置き場に向かった。


ニキチはロベルトの相棒の側板を見つめながら考えた。どうしたらこんな薄い板を捻らずにきれいに曲げることができるんだべか。裏板に対してぴったり垂直で、しかもカーブはきっちり左右対称。まるで型にはめたみたいだ。そうか。型だ。

ニキチは手持ちの木材の中で一番狂いの少ない、よく乾いたチークの板を出して来て鉋をかけた。それからバイオリン本体を写した図面の側板の内側の線を板に写し取り、裁断した。そしてその断面が真っ直ぐ垂直になるように断面にも丹念に鉋をかけた。鉋は本来平面を仕上げるときに使うものだが、刃や台木を変えることで曲面も仕上げることができる。ニキチは断面が垂直になっているかどうか時々確かめながら、型を仕上げていった。

　最後に補強用の木片を入れるスペースを空け、そこに図面通りの形の木片をはめ込み、型はほどなく仕上がった。この型を使えばあの通りの側板ができるはずだ。ニキチはうなずき、早速スプルース材を薄く裁断して側板を作り始めた。側板は全部で六枚、長さは巻き尺で測って見当をつけた。ニキチは切り出した側板に何度も鉋をかけ、さらに薄く仕上げた。

　木材は水分と熱を加えることで曲げることができる。六枚の側板をニキチは水に浸した。次に丸ごてを火であぶり、水気を切った側板に当てながら折れないように少しずつ側板を曲げていく。カーブが型のそれぞれの箇所とぴったり合うまで、ニキチは慎重に側板を曲げていった。

　六枚の側板をすべて曲げ終えると、型にはめ込んだ補強用の木片の部分にだけニカワをたっぷり塗り、側板を接着していった。補強のため、側板の内側にもう一枚薄い板を貼り付け、側板と薄板と木片が平面になるように鉋をかけ、側板の部分は仕上がった。

　次に取りかかるのは裏板と表板だ。裏板も表板も、前回表板を作ったときと同じ要領で、鉋をかけ、裁断し、薄板で作った定規でカーブを測って削り、再び鉋をかけて仕上げた。表板にはf字型の孔を左右対称になるように慎重に開けた。縁取りの象嵌細工もポプラと洋梨の木を鉋で削って着色し、それを細く裂いて、表板の外周に細く彫った溝に埋め込んだ。ニキチにはそれが正しいやり方かどうかはもちろんわからなかったが、考えられる範囲でできるだけ忠実に再現しようと思った。表板の内側の部品も図面通りに取り付けた。

次はネックだった。使うのはメープルだ。これも図面通りの形にノミで彫って作った。ロベルトのバイオリンのネックに接着してある黒い板は黒檀だった。貴重な木材だったが、ニキチは材木屋のジーノに無理を言って分けてもらった。これもそっくり真似て裁断し、丁寧に彫って仕上げた。

あとの細かい部品もそれぞれ同じ木材で、木目の方向に注意しながら見様見真似で製作した。あの秘密の箱に入っていた小さな木の棒も、曲がる前の形に再現し、極力そっくりに仕上げた。

部品は一応揃った。いよいよ組み立てだ。ニキチはまず側板と裏板の接着をすることにした。ニカワの塗布面積が広いので、途中で乾かないように部屋を暖め加湿してから作業に取り掛かった。裏板を接着してニカワが完全に乾いたら、内型を外し、ネックを嵌め込み、表板で蓋をする。ニキチはそれからバイオリンの木肌が傷まないように布で包み、その上から木の棒と縄でしっかり固定して、表板のニカワが乾くのを待った。あとはニスを塗り、細かい部品を接着すれば完成となるはずだ。

ニキチはニスを塗るばかりになった白木のバイオリンをしばらく眺めていたが、やがてそれをわきに置き、もう一本バイオリンを作るべく、再び作業を始めた。

ニキチは前回と同じ要領で側板を作り、表板と裏板を作るべくスプルース材に鉋をかけて裁断した。そして前回と同じように表板と裏板を丸く削っていった。ある程度の薄さになると拳で軽く板を叩いた。叩く場所によって生じる微妙な音の違いに耳をすませながら、どこを叩いても同じ音程の音がするように、削り方を調整して削っていき、最後に鉋をかけた。あとは再び前回と同じように様々な部品を作り、組み立て、白木のバイオリンをもう一本作った。

目の前の二本の白いバイオリン。片方はロベルトのバイオリンと寸分違わぬ薄さの表板と裏板を持ち、もう片方は叩いて出る音を一定にした。どちらが正解なのかニキチにはわからなかった。あるいはどちらも不正解かもしれない。まあ、とりあえず仕上げてみるべ。ニキチは二本のバイオリンにニスを塗る準備を始めた。

「はあ、バイオリンまで作るのか。しかも誰にも習わず見様見真似でここまで作るとは、大したものだな」

ニスを届けに来た塗料屋のサンドロは、ニキチが作ったバイオリンを見て目を丸くした。

「あとはニスを塗って仕上げたいんだども、バイオリンに塗るニスってのは何か特別なものがあるんだべか？」

ニキチは尋ねた。

「うーん、そうだなあ。亜麻仁油や胡桃油に琥珀などの鉱物を混ぜたものだったり、松ヤニを煮詰めただけのシンプルなものだったり、職人によってまちまちだ。あと、色を出すために顔料を混ぜることもあるらしい。俺が知っているのはそれくらいかな」

サンドロは答えた。ただ、普通は楽器職人が何ヶ月もかけて自ら作り調合するもので、詳しくは知らないという。

「家具に使うニスではいけないんだべなぁ」

ニキチはため息混じりにつぶやいた。

「いけなくはないんだろうが、やってる奴はいないなあ。職人のこだわりなんだろう」

サンドロは言った。

サンドロが帰ったあとでニキチは考えた。今から何ヶ月もかけてニスを作るわけにはいかねえべ。それでなくてもバイオリンのニスは何度も重ね塗りしなくちゃなんねえ。乾かしては塗り、乾かしては塗り、塗りの作業だけでもひと月ふた月かかってしまう。ロベルトをそんなに長く待たせるわけにはいかねえ。

迷った挙句、普段使っているニスの中で一番上等のものを使うことにした。これならスプルース材との相性も悪くない。ニキチは一人うなずき、塗りの準備にかかった。

慣れた手つきでバイオリンの下塗りを始めた。白木の美しいバイオリンは少しずつ淡い飴色のベールを纏っていった。二本のバイオリンの下塗りを終え天日に干したあと、なぜかまたスプルース材を取り出した。この際、できることは何でもやってみるべ。あれを使ってみよう。ニキチはスプルース材を薄く削り、再びバイオリンの側板を作り始めた。

こうしてニキチは先に作った二本のバイオリンのニス塗りと並行して新たに同じバイオリンを二本作った。もちろん表板と裏板の薄さがロベルトのバイオリンと全く同じものと、どこを叩いても同じ音程の音がするものの二種類である。

新たに作った二本の白いバイオリンを作業台の上にそっと置き、出かける準備を始めた。

アルドブランディーニ家のお屋敷に行くのは何年ぶりだろう。奥様やエドのおやっさんは元気だべか。近くにいながら忙しさにかまけて長い間無沙汰したことを心の中で詫び、ニキチは懐かしい我が家に帰るような足取りでアルドブランディーニ家に向かった。


「だめだだめだ、この木は絶対に伐らせねえ」

庭でエドが大声で叫んでいる。

ニキチはアルドブランディーニ家の門をくぐったところだった。

庭に回ってみると、漆の木の前でエドは両手を大きく広げ、鬼の形相で仁王立ちしていた。髪に白いものが目立ち始め、ニキチは、しばらく見ない間にエドのおやっさんも年を取ったなあと思った。

エドの前では若い庭師が斧を構えている。両手に手袋をはめ、頭から手拭いをかぶり、足には長靴、完全防備だ。漆にかぶれたのだろう、手拭いの下から覗く鼻は真っ赤に腫れ上がっていた。

「エドのじいさんよう、そんな木いつまでも置いといたって何の役にも立たないじゃねえか。おまけにちょっと触っただけでこのザマだ。旦那様のお許しもちゃあんといただいているんだ。さっさとそこをどいてくれ」

　若い庭師は今にもエドに向かって斧を振り下ろさんばかりの勢いだ。

「かぶれたのは木が悪いんじゃねえ。おまえが木のことを知らねえからだ。役に立たねえだと？　馬鹿言っちゃいけねえ。この木はな、すごい汁を出すんだ。家具がピカピカ光るんだ……、お、ニキチ！」

　エドがニキチに気づいて駆け寄ろうとしたが、思い止まった。この木の前を離れるわけにはいかねえ。

「すまねえ。いま手が離せないんだ」

　エドがニキチに向かって言った。表情が少し緩む。

「どうしたの？　大声なんか出して。家の中まで聞こえるじゃない。まあ、アルバーノ、何をしているの？　あら、ニキチ！」

　エドの大声に驚いて庭に出てきたエリザベッタは、すぐにニキチに気づいて駆け寄った。そして満面の笑みでニキチの手を取った。

「久しぶりねえ、ニキチ。元気だった？　今日はどうしたの？」

「またこの木の汁をわけてもらいにきたんだども、エドのおやっさんの声が聞こえて庭に入ってきちまっただ。すまんことですだ」

申し訳なさそうにニキチが言った。

「奥様あ、アルバーノの野郎がニキチの大事なこの木を伐るなんてぬかしやがるんでさあ。なんとか言ってやってくだせえ」

エドは泣きそうな顔でエリザベッタに訴えた。

「アルバーノ、ほんとなの？」

エリザベッタは眉間に皺を寄せてアルバーノを見た。

「だけど、旦那様がいいって……」

エリザベッタの表情に、アルバーノは口ごもった。

「旦那様は何も知らないの。庭のことはエドかわたしに相談してやるようにしてちょうだい。とにかくこの木は伐ってはだめよ。斧を片付けなさい」

エリザベッタは厳しい口調でアルバーノに告げた。アルバーノはおとなしくすごすごと納屋へ斧を片付けに行った。

エドはほっとした様子でニキチに歩み寄り、肩を叩いた。

「元気だったか？　今度は何を作るんだ？　飾り棚か？　椅子か？」

「うん、ちいと試してえことがあるだよ」

ニキチは答えた。

「そうか。頑張れよ」

エドは顔をくしゃくしゃにしてまたニキチの肩を乱暴に叩き、やりかけの仕事に戻った。

「おやっさん、漆を守ってくれてありがとうなあ」

エドの背中にニキチが言った。エドは背中を向けたまま黙って片手を挙げ、そのまま行ってしまった。


エリザベッタの許可を得てニキチは漆の採取を始めた。

「すまねえが、またおめえさんの汁を少しわけてもらうよ」

いつものように漆に語りかけ、いとおしそうに幹を撫でた。


あの男、あの木を素手で触ったぞ。正気かよ。しかも木に向かって何かしゃべってやがる。まったく薄気味悪い野郎だ。薔薇の手入れをしながら、遠くからアルバーノがニキチの様子を驚きの目で見つめていた。

漆の採取を終えて、ニキチはエリザベッタのお茶の誘いを丁寧に断り、急いで工房に戻った。

工房に戻ったニキチは早速漆の下処理に取りかかった。

採取した樹液を、丁寧に布で漉して木屑や細かいゴミなどを取り除き、成分が均一になるよう木べらでよくかき混ぜる。それを塗料用の小さな鍋に移し、火にかけて水分をとばした。それをさらによく撹拌すると、美しい飴色の透き漆になった。

ニキチは、透き漆の入った鍋を持って作業台に向かった。作業台には白いバイオリンが二本、静かに横たわっていた。

西洋の楽器に漆を塗る。そんなことが果たして正しいのかどうか、ニキチにはわからなかった。今までも家具には漆を塗ったことがある。珍しさもあってか、この国の人々はその家具を受け入れてくれた。しかし楽器は家具とは違う。楽器は音を出すためのものだ。漆塗りのバイオリンはいったいどんな音を出すのか。しかも誰の手ほどきも受けず見様見真似で作ったバイオリンだ。そもそも音など出るのだろうか。

そこまで考えてニキチは首を振った。考えるのはもうやめるべ。今は今できることを精いっぱいやるしかねえだ。考えるのはそれからだ。ニキチは白いバイオリンを手に取った。

アルドブランディーニ家の漆からもらった飴色の透き漆を、ニキチはバイオリンの白木の肌に、丁寧にすり込んだ。複雑な凹凸やなめらかな曲線に沿って、塗り残しのないように、くまなく布で漆のすり込みをした。バイオリンは息を吹き返したようにわずかに色づいた。

こうして二本のバイオリンの下塗りを終えたあと、ニキチは思い出したように濡れ雑巾を干して部屋を加湿した。ニスは天日で乾かし、漆は加湿した室内で乾かす。面白いものだとニキチは改めて思った。

その後、重ね塗りのための漆を採取しにニキチは何度か屋敷を訪れた。アルバーノは相変わらず棘のある視線をニキチに向けたが、その度エドが

「何見てるんだ。仕事しろよ」とたしなめてくれた。

エドの心遣いが身にしみてありがたく、自分は一人ではないなあとつくづく思った。

それからふた月、ニキチは四本のバイオリンの塗りの作業に追われた。ニス塗りが二本と、漆塗りが二本。ニスは天日で乾かしたあと、きめの細かい紙やすりで磨き、その上からまたニスを塗る。そんなことを三十回近く繰り返しただろうか。刷毛のあとが全く残っていない、顔が映るくらいの光沢を持った二本のバイオリンが仕上がった。漆を塗ったバイオリンのほうも同様に丁寧に仕上げられ、塗り重ねるたびに美し

い飴色の光沢を纏っていった。

ニキチは塗りの工程を終えた四本のバイオリンを見つめた。あとは細かな部品を取り付けて弦を張れば完成するはずだ。ニキチは部品を取り付ける場所を確かめるべく、ロベルトのバイオリンを観察し自ら書いた図面を広げた。


ロベルトは驚いた。

目の前に突然見事な光沢を持つバイオリンが現れたからだ。それも四本。弦こそ張られていなかったが、どれも美しい本物のバイオリンだった。

「待たせてすまねえが、ロベルト、実はおめえさんの相棒の修理はまだ手をつけてねえんだ。おら、楽器のことはど素人だで、いきなり修理にかかって、大事なバイオリンを台無しにしちゃあいけねえと思ってな、試しに一からバイオリンを作ってみただよ」

ニキチはすまなそうに頭を掻きながら言った。

「試しにって、四本もか？」

ロベルトは驚きの表情のまま尋ねた。

「うんだ。四本ともそれぞれ、板の削り方と塗料の種類が違うんだ」

「へえ」

ロベルトは四本のバイオリンをしげしげと見つめた。

「それで頼みなんだが、四本とも弦を張って弾き比べてもらいたいんだ」

ニキチは遠慮がちに言った。

「あっ、すまん、ぼんやりしてた。弦か、ああ、弦ならいくらでもある。早速張ってみよう」

ロベルトが弦を取りに行きかけたところで、ニキチが
「あ、その前に、これなんだども」

と、懐ろから小さな木の棒を四本取り出した。

「たぶん、バイオリンの中に入っている棒だと思うんだども、どこに入れればいいんだか、わからなくてなあ」

ニキチはそういうと、何に使うのかわからないまま複製した四本の棒を、大事そうにロベルトに渡した。

「ああ、これは魂柱だ。これがないと音が響かない。とても大事な役割をする棒なんだ」

ロベルトは棒を受け取ると、道具箱から針金の曲がったような道具を取り出し、棒をその先につけた。そして、一番近くにあったバイオリンを手に取ると、そのf字型

の孔に棒を挿し入れた。それからロベルトは慎重に針金を動かしながら棒を立てる場所を探っていたが、やがて、ふう、と息をついて針金を孔から抜いた。

「これでよし」

ロベルトは満足げな表情で言った。

四本のバイオリンにそれぞれ魂柱を立てると、ロベルトは弦を張り始めた。まず、下の方の穴に弦の端をひっかけ、反対の端を、ネックにはめられた糸巻きの穴に通す。そして糸巻きを回しながら弦の張り具合を調整するのだ。ロベルトは弦を指で弾いて音を確かめながら、真剣な表情で弦を締めていった。

一本のバイオリンに四本、合計十六本の弦を、ロベルトは休むことなく、夢中で張っていった。

「それにしても、一本のバイオリンの修理のために、四本もバイオリンを作ってしまうとはなあ。ニキチ、全くお前って奴はどこまでいい奴なんだ。もう音が出ようと出まいと、俺は……」

弦を張りながら、ロベルトは独り言のように呟いた。

こうしてロベルトの手を借り、四本のバイオリンはついに完成した。

ロベルトは棚から弓を出すと、四本のバイオリンのうちの一本をおもむろに手に取った。定規の通りに削った板の、ニス塗りのバイオリンだ。ニキチは息を飲み、じっと耳をすませた。

ロベルトは、ニキチにも聞き憶えのある曲のワンフレーズを弾いた。高音の、わずかに硬い音がした。兎にも角にも音が出たことで、ニキチはほっとした。真一文字に結んだ口元が少し緩む。

「ほう、なかなかいいじゃないか。素人の、それも初めて作ったバイオリンが、ここまで音を出すなんて。さすがニキチだ」

弓を下ろして、ロベルトが笑顔でうなずいた。ニキチも黙ってうなずき返した。

ロベルトはバイオリンをテーブルに戻し、次のバイオリンを手に取った。同じニス塗りの、叩いて音を確かめながら板を削ったほうのバイオリンだ。

「あれ？　今まで気づかなかったけど、このバイオリン、ちょっと軽くないか？」

重さを確かめるように、ロベルトはバイオリンを揺すった。

「どこを叩いても同じ音がするように板を削っていったら、薄くなっちまっただ。けんど、木の堅さは均等になっているから、弱くはねえはずだ」

「ふうん。よくわからんが、まあ、弾いてみよう」

ロベルトはバイオリンをあごに当て、弓を振り上げた。

ロベルトが弾くワンフレーズの最後の音が、さっきとは違う音色と余韻を残して消えていった。

「ファンタスティーコ！　素晴らしい！」

時が止まったような長い沈黙のあと、ロベルトはそう叫び、バイオリンをテーブルに置いて、ニキチに握手を求めた。

「嘘だろ？　なあニキチ、お前本当にただの家具職人か？　こんな音、いっぱしの楽器職人だってなかなか出せないぜ。ひょっとしたら俺の相棒を超えているかもしれない。うん、実に素晴らしい」

ロベルトは、素晴らしい、を連発した。友人の多大な賞賛にニキチは少し戸惑ったが、とにかくロベルトが喜んでくれたので、ひとまず安堵した。

テーブルの上にはまだ音を発していない漆塗りのバイオリンが二本、静かに横たわっていた。


ロベルトがようやくニキチの手を離したのは、それからずいぶん後のことだった。友人にずっと手を握られて、ニキチはなんだかこそばゆい感じがしたが、ロベルトがこんなに喜んでくれて、悩みながらも精魂こめて作った甲斐があったなあ、と、素直に嬉しかった。

「あっと、そういえばまだあったな」

自分のあまりの興奮ぶりに、ロベルトは照れ笑いを浮かべながら、次のバイオリンを手に取った。漆塗りの、定規の通りに削ったほうだ。

「これもずいぶん軽いなあ。それに手触りもちょっと違う。なんだかずいぶん薄塗りのニスだな」

バイオリンを撫でながらロベルトが言った。

「これは漆だ。木肌にすり込んであるだよ。ニスみてえに剥がれねえし、丈夫だで、薄くても大丈夫だ」

ニキチが言った。

「へえ。バイオリンっていうよりも、なんだか木の感触に近いな」

ロベルトは不思議なものでも見るようにバイオリンを見つめていたが、やがて、それをそっと手に取った。

そして軽く音出しをした後、前の二本と同じフレーズを弾いた。

前の二本の、どちらとも違う音が、響いた。

ロベルトは目を瞠った。弓を持つ手が力なく下がり、もう片方の手はバイオリンを落とさないようにするのがやっとのようだった。

「こ、これは」

ロベルトは掠れた声でそう言ったきり、時間が止まったように動かなくなった。

ニキチは何が起こったのかわからなかった。ロベルトが具合でも悪くなったのか。それともバイオリンに問題があるのか。ニキチはどうしていいかわからず、ただ、放心状態のロベルトを見守っていた。

「こんな音、今まで聴いたことがない。いったい何なんだ」

しばらくして、ロベルトがようやく口をきいた。相変わらず掠れた声だった。

「すまねえ、西洋の楽器に、やっぱり漆は合わねえか」

ニキチはそう言って肩を落とした。

「ニキチ、何言ってるんだ。違うよ、いいんだ。良すぎるんだよ、音が」

ロベルトは慌てて言い、もどかしげに首を振った。

「こんなに澄んだ、それでいて柔らかい、まるで木が呼吸をするような、水を吸うような……。すまん、どう言えばいいのか」

ロベルトは言い淀み、再び黙り込んだ。

長い時間が過ぎ、ニキチが何か言わなければと考え始めたころ、ロベルトは思い直したように、もう一度バイオリンを構えた。そして同じメロディーを、今度は一曲、最後まで弾いた。

バイオリンの発する最後の音が、柔らかく空気の中に溶け込むように消えていった。演奏を終えて、ロベルトは弓を下ろし、ニキチを見つめた。ロベルトの目には涙が滲んでいた。ロベルトはバイオリンを持ったまま静かにニキチに近づき、両腕でニキチを抱きしめた。

「ロベルト、大丈夫だか？」

ニキチはロベルトに抱きつかれたまま、何と言っていいかわからず、考えあぐねてそう言った。

「ああ、すまん。大丈夫だ」

ロベルトはいくぶん落ち着きを取り戻してニキチから離れ、シャツの袖口で顔を拭った。そして今日何度目かの長い溜息をついた。

「ちょっと顔を洗ってくる」

ロベルトはそう言ってバイオリンをテーブルに置くと、自分の顔を平手でピシャピシャ叩きながら、部屋を出ていった。

部屋に戻ると、ロベルトは最後のバイオリンをじっと見つめた。そして何も言わずにニキチのほうを見てうなずいた。阿吽の呼吸のようにニキチがうなずき返すと、ロベルトは深い息を一つしてバイオリンをあごに当て、弓を振り上げた。

弓が弦に触れると同時に、バイオリンの音が部屋中に響きわたった。部屋にあるありとあらゆるものが、バイオリンの音に共鳴していた。壁にピンで留めた羊皮紙の丸まった角も、ロベルトが演奏のときに使う衣装の絹のスカーフも、ニキチの上着の毛羽立ちまでもが、バイオリンの音に反応して細かく震えていた。それは、バイオリンが鳴っているのではなく、部屋全体が鳴っているようだった。まるでこの部屋が一つの大きなバイオリンであるかのように。

自分の奏でる音の中で、ロベルトは涙を流していた。曲が盛り上がり、ロベルトが体を強く揺らすたびに、頬からこぼれた涙が四方に飛び散った。ランプの明かりが反射して、涙の粒が時折光った。

ニキチは不思議だった。ロベルトは明らかに何かに心を奪われている。なのに彼の体は、指は、冷静に音を追いメロディーを奏でていた。音楽のことはよくわからない。が、そんなニキチにもわかるくらいに見事な演奏だった。どうしてそんなことが出来るのだろうか。ニキチはロベルトの憑かれたように動く指をじっと見つめていた。

やがて曲が終わり、ロベルトは深く息をしてバイオリンをテーブルの上に静かに置いた。

ロベルトはテーブルの上の四本のバイオリンをじっと見つめた。

「このバイオリン、しばらく預からせてくれないか？」

長い沈黙ののちに、バイオリンに目を向けたままロベルトが言った。

「もちろんだ。もともと、おめえさんのために作ったもんだ。好きにしてくんろ」

ニキチは白い歯を見せて笑った。

「ありがとう」

ロベルトも笑った。やっといつものロベルトに戻ったと、ニキチは思った。


ロベルトが物凄いバイオリンを手に入れたという噂は瞬く間に広まった。

その音を耳にした者はみな、体験したこともないその響きに驚き、魅了された。噂が噂を呼び、ロベルトがバイオリンを持って広場に出ると、その周りを何重もの人だかりが囲んだ。

どこの店で売っているのか。どこの楽器職人が作ったのかと、ロベルトは質問攻めに遭ったが、誰に聞かれても、ロベルトは決して答えなかった。

噂はフェルナンドの耳にも入った。フェルナンドは早速ロベルトを屋敷に招き、バイオリンを弾かせた。

貴族の家に招かれるのは初めてのことで、ロベルトは少し緊張した。しかし書斎に通されると、家の主人が笑顔で迎えてくれて、いくぶん気持ちが楽になった。

ロベルトはいつものようにバイオリンを弾いた。このバイオリンを弾くのは今日で何度目になるだろうか。このごろやっとなんとか涙を流さずに弾くことができるようになった。

目を閉じてじっと演奏を聴いたあと、深く息をして目を開け、フェルナンドは言った。

「ニキチだろ？　たぶん無償で作ったんだ。違うか？」

ロベルトは驚いた。

「旦那、どうしてそれを？」

「そしてたぶんこう言った。おら、楽器職人になんぞなる気はねえだ、ってな」

フェルナンドはにやりと笑いながら、ニキチの口調を真似てみせた。

ロベルトは目を丸くした。全くその通りだった。ロベルトがどんなに楽器職人になることを勧めても、ニキチは頑として聞かなかった。

「若い頃、毎日一緒にいたんだ。それくらいわかるさ」

フェルナンドは懐かしそうに目を細めた。

「しばらく会っていないが、ニキチは元気にしているか？」

「ええ、元気ですよ。相変わらず仕事の鬼でさあ」

ロベルトは白い歯を見せて笑った。フェルナンドがニキチの知り合いだと聞いて親近感を持ったようだ。

フェルナンドは、ふふふ、と笑い、若い頃の話を二つ三つ話した。ロベルトは、ニキチも苦労人なんだなあと改めて思った。と同時に、フェルナンドの人柄にも触れて、ますます親しみを覚えた。

「困ったことがあったら何でも言ってくれ。ニキチの友達は俺の友達でもある」

別れ際にフェルナンドが言った。

二人は握手を交わして別れた。


その夜のことだった。

フェルナンドは書類に目を通していた。ふと耳をすますと、なんだか外が騒がしい。執事を呼んで確かめると、

「ロベルトと申すバイオリン弾きが、旦那様に会わせろと言って、きかないのでござ

います」

執事は眉をひそめて答えた。

フェルナンドは驚き、すぐに書斎に通すように言った。

「旦那、夜分に申し訳ねえが、早速困ったことが起こっちまいました」

書斎に通されたロベルトは、動揺を隠すように頭を掻きながら照れ笑いを浮かべた。

話によれば、ロベルトが屋敷を辞して家に戻ると、部屋が荒らされ、残してきた三本のバイオリンがなくなっていたという。

「そこでお願いがあるんだが、このバイオリンを預かってもらえないだろうか？」

ロベルトはそう言って、青い布に包まれたバイオリンをそっと差し出した。

「このバイオリンは特別なんだ。なあ、旦那も昼間聴いただろ？　ニキチが作ったこのバイオリンは、この国の、いや、この世の宝だ。俺はそう思う。それくらい凄いものなんだ。その凄いものを俺のあんなちっぽけなあばら家に置いておくのは危険過ぎる。今回は持ち出していて幸い無事だったが、いつまた盗まれるかもわからない。もしかしたら、俺ごときが持ってちゃいけないものかもしれない。なあ旦那、旦那を見込んで頼むんだ。このバイオリンを預かって、これを生かす一番いい方法を考えてもらえねえかな」

ロベルトは真剣な表情で訴えた。

しばらく考えて、フェルナンドはうなずいた。

「わかった。バイオリンは預かろう。いつでもここにあるから、入り用のときは取りにくればいい」

フェルナンドは青い包みを受け取った。ロベルトはほっとした様子で、何度も礼を言い、帰っていった。

フェルナンドは受け取った包みをテーブルの上に広げ、ニキチの作ったバイオリンを、ソファーに座っていつまでも眺めていた。


乱暴にドアを叩く音に続いて、ニキチの声がした。

「ロベルト、おらだ、開けてくんろ」

ロベルトはドアのノブを回した。

「盗っ人が入ったって、ほんとだか?」

ロベルトがドアを開けたとたん、ニキチは息を弾ませながら言った。友人の窮状を知り、慌てて駆けつけたらしい。

「ああ、本当だ。せっかく作ってもらったバイオリンを全部持っていかれちまったよ。

すまん」

少し嘘を吐いた。それをごまかすようにロベルトは目をふせ、ニキチのためにやかんの水をコップに注いだ。

「あれはただ試しに作っただけのもんだで。それより、おらが妙なもん作ったばっかりに、とんだ目に遭わせちまったなあ」

水を受け取ると、すまなそうにニキチが言った。

「何言ってるんだ。何度も言うが、あれは凄いバイオリンなんだ。短い間だったが、あんな凄いバイオリンを弾くことができて、本当に俺は幸運だったよ。感謝している」

やっぱりこの男は自分の凄さをわかっていない、と、ロベルトは思った。そこがニキチのいいところなんだが。

「そんだか。そんだら、おらもうれしいだ。ところで、そろそろおめえさんの相棒の修理にかかりたいんだども、今、おらにできるのは、あの四種類のやり方ぐらいだ。おめえさんの相棒には、どれが一番合っているんだかなあ？」

「それなんだが、ニキチ」

ロベルトはそこで深く息をして続けた。

「いいか、よく聞いてくれ。この間最後に弾いたバイオリン、あれは特別なバイオリンなんだ。ニキチは気づいていないかもしれないが、な。ニキチは楽器職人になる気はないと言った。だがもし、もしもの話だ。気が変わって楽器職人になることになったとしたら、そのときはあの、漆塗りとかいうあのバイオリンを作ってほしいんだ。約束してくれ」

ロベルトはニキチを見つめた。ニキチにはロベルトの言っていることがよくわからなかった。

「それは、おめえさんにっちゅうことだか？」

ニキチは尋ねた。

「いや、俺じゃなくて、もっと、あれを弾くにふさわしい奴がきっといるはずだ。俺はあのバイオリンがこの世にあるというだけで満足なんだ」

ロベルトは遠い目をして言った。

「わがんねえなあ。だば、相棒もあのやり方で直せばいいっちゅうことだか？」

ニキチは眉を寄せて考え込んだ。

「いや、俺の相棒は、二番目に弾いたバイオリンと同じやり方で直してほしいんだ。ニス塗りのやつだな」

ロベルトが言うと、ニキチはますますわからなくなった。

「勝手を言ってすまねえな。でも、俺にはあのニス塗りが一番合っていると思うんだ。第一、泣かないで弾ける」

ロベルトはそう言って片目を閉じた。

「よくわがんねえが、とにかく、おめえさんの相棒は、二番目のやり方で直せばいいだな?」

ニキチは確認するように言った。

「うん、頼むよ」

ロベルトはニキチの手を取って言った。

「今、話したことは、ニキチにはわからないかもしれないが、どこか頭の片隅にでも覚えておいてくれ」

ロベルトはそう言ってニキチの手を軽く叩いた。ニキチはよくわからないままうなずいた。


同じ頃、大手の家具工房の一室では、作業台を囲んで数人の男たちが小声で話していた。作業台の上には三本のバイオリンが並んでいた。

「やっぱり、あのニキチって野郎の仕業だ。間違いない」

赤ら顔の男が言った。この工房の主らしい。

「ジラルド、なんでわかるんだ？」

別の男が言った。

「この薄塗りのニス、前に見覚えがあるんだ」

赤ら顔の男が答えた。苦い思い出でもあるのか、眉間に皺を寄せている。

「でもよ、そのニキチって奴は家具職人なんだろ？　なんでバイオリンなんか作ったんだ？　しかもこんなに質の高い」

また別の男が言った。この男は楽器職人らしい。三本のバイオリンをしげしげと眺めている。

「そんなこと知るか。それより………」

ジラルドと呼ばれる赤ら顔の男は、にやりと笑い、男たちにもっと顔を寄せるように合図して、いっそう小声で話し始めた。

ロベルトの家からの帰路、ニキチはふと、今日ロベルトが言ったことを思い出した。

ロベルトはいったい何を言いたかったんだべか。

ロベルトはあの日最後に弾いた漆塗りのバイオリンを、特別なバイオリンだと言った。それを弾くことができて幸運だったとも言った。なのに、大事な相棒の修理は、二番目に弾いたニス塗りのやつと同じやり方にしてくれと言う。

それから、こうも言った。おらがもし楽器職人になることがあったら、あの漆塗りのバイオリンを作ってほしいと。それも自分のためにではなく、もっとそれを弾くにふさわしい奴のために。

まったくわけがわがんねえ。おらは、ロベルトのバイオリンを直すために、あのバイオリンを作ったんだ。もう一度ロベルトのバイオリンを聴きてえから、だから、ない知恵をしぼったんだ。そんな、顔も見たことのねえ奴なんかのためじゃねえだ。

でもまあ、とニキチは考えた。二番目のバイオリンをロベルトが気に入ってくれたのなら、その気持ちに沿うように精一杯の修理をすればよかんべ。難しいことを考えるのは、おら、性に合わねえ。


工房に戻ると、ニキチは早速ロベルトのバイオリンの修理に取りかかった。

まず、損傷の少なかった本体の部分のニスを、鉋で削り取る。そして、裏板の部分と、途中まで作ってあった表板を、軽く拳で叩きながら、どこを叩いても同じ音がするように削り、再び鉋をかけた。あとは、ニカワで表板を接着し、すでに復元してある細かな部品を図面通りに取り付ければいい。

ニキチは図面を見ながら、部品が全部そろっているかどうか確認した。

うん、大丈夫だ。ちゃんとある。ニキチは数日かけて丁寧にバイオリンを組み立てていった。

そして、いよいよ塗りの工程に入ろうとした頃、ニキチのもとに封書が届いた。

封を開けると、中には難しい言葉がたくさん並んでいて、まったく読めなかった。

ちょうどニスを納めに来ていたサンドロに見せた。すると、それをみるなりサンドロは叫んだ。

「おい、ニキチ、おまえ何したんだ？　こ、これ、異端審問所からの出頭命令じゃないか」

ニキチには何のことかわかるはずもなかった。サンドロの慌てように、ニキチもまたおどおどするばかりだった。


異端審問所というのは、キリスト教の教えに反する輩を取り締まる所だという、サンドロの説明を聞いても、ニキチには何のことだかさっぱりわからなかった。

「昔は火あぶりになった奴もいたって話だぜ」

サンドロは眉間に皺を寄せた。

「キリストっちゅうのは、この国の神さんだべ？　おらはその神さんに何か悪いことをしたっちゅうことだべか？」

ニキチはサンドロに聞くともなく聞いた。

「わからん。どういうことだろう」

サンドロは言い、二人は黙りこくって考え込んだ。

「なあ、おまえ、確かフェルナンドとかいう公爵と知り合いだったよな？　そいつに一度相談したらどうだ？」

しばらくして、サンドロが言った。

「いんや、おらはまったく覚えがねえけんど、知らねえうちに神さんの気にくわねえことをやっちまったかもしんねえ。そしたらフェルナンドに迷惑かけちまうだよ。そんなこととできねえだ」

ニキチは首を横に振ってきっぱり言った。

「そんなこと言って、火あぶりにされたらどうするんだ？」

サンドロは真顔で言った。

「まあ、わからねえことをいつまで考えていても仕方ねえべ。来いっちゅうんなら、行ってみるだよ。考えるのはそれからだ」

ニキチはテーブルの上に広げた手紙を畳んで封筒にしまった。サンドロは心配そうにニキチを見つめた。

数日後、指定された通りの時間にニキチは異端審問所を訪れた。

案内された部屋は窓のない小部屋だった。小さなテーブルを挟んで黒っぽい服を着た男が一人座っていた。男はニキチに座るように言った。

「取調官のアドルナートだ。そんなに堅くならず、質問に答えてくれ」

男はそう言って書類に目を落とした。

「君はノメンターナ通りに住む家具職人。名前はニキチ。間違いないね？」

男は書類から目を上げ、ニキチの顔を見た。ニキチはうなずいた。

「見たところ、君はこの国の人ではないね。どこから来た？」

男はニキチの顔を見つめながら尋ねた。

「日本、ですだ」

ニキチは答えた。

「日本？　東洋のか？　何ゆえこの国に？」

男は興味深そうに尋ねた。

「おらも詳しくはわからねえけんど、お偉い方々と一緒に船大工の弟子として連れてこられて、この地で病いに倒れて、そのまま居ついちまったんですだ」

ニキチは、アルドブランディーニ家の名前を出さないように注意しながら、答えた。

「そうか。ところで君は最近、バイオリンを作ったそうだな。これも間違いないか？」

ニキチはまたうなずいた。そんなこと、なんで知っているだ？　ニキチは不思議だった。そのことを知っているのは自分のほかに、サンドロとロベルトだけのはずだ。

「家具職人の君がどうしてバイオリンを作ることになったんだ？」

男は質問を続けた。

「バイオリン弾きの友達が、商売道具のバイオリンが壊れて直す金もなくて困っていたから、なんとかしてやりてえと思って」

ニキチは答えた。

「作ったバイオリンはその友達が持っているんだね？」

取調官が言った。

「いんや、家に盗っ人が入って、盗まれちまったそうですだ」

ニキチは言った。

「盗まれた？　それは困ったな」

取調官は眉をひそめた。それはニキチへの同情というより、自分が困ったという意味だったが、ニキチにはわからなかった。

「いんや、盗まれたやつは、ただ試しに作っただけのもんだで、別にいいんだ。友達の大事なバイオリンは、今直している最中ですだ」

ニキチは言った。

「ほう、バイオリンはまだ手元にあるのか？」

取調官はほっとした様子で言った。ニキチはうなずいた。

「そのバイオリンはいつごろ仕上がるんだ？」

取調官は尋ねた。

「今、塗りの工程が始まったばかりだから、うーん、二ヶ月あとになるだかなぁ」

ニキチは考えながら言った。

「そんなにかかるのか。ふうん、まあいい。仕上がったらバイオリンを持ってもう一度来てくれ。さてと、今日のところはもう帰ってもいいぞ」

取調官はそう言って書類を揃えながら席を立とうとした。

「ちょっと待ってけろ。聞いてもいいだか？」

ニキチは思い切って言ってみた。

「何だ？」

取調官は書類を揃える手を止めて席に座りなおした。

「ここは、神さんに悪いことをやっちまったもんが連れてこられるところだべ？」

ニキチが言った。

「うん、まあそうだな」

取調官は腕組みをしながら言った。

「おらはまったく覚えがねえけんど、何か悪いことをやっちまっただかな？　バイオリンを作ってばいけなかっただかな？」

ニキチは取調官に疑問をぶつけた。

「バイオリンを作ったこと自体は悪くない。そんなことを言ったら町中の楽器職人がみんなお縄になっちまうよ。君がここに呼ばれたのは、君が怪しげな魔術を使ってバイオリンを作ったのではないか、という投書が複数寄せられたからだ。それで調べているだけさ。何もやっていないんなら怖れることはないよ」

取調官はニキチを励ますように言った。

「まったく近頃は、自分の気に入らない奴を陥れようとして投書してくる輩が多くてな。君、心当たりはあるか？」

取調官はうんざりだというように言った。

「わがんねです」

ニキチは本当にわからなかった。


それから二ヶ月の間、ニキチは家具の仕事をしながら、バイオリンのニス塗りに精を出した。塗って乾かして磨き、塗って乾かして磨き、前に作ったバイオリン以上に丁寧に仕上げた。

細かい部品も図面通りに取り付け、あとは魂柱を立てて、弦を張れば完成だ。

ニキチは仕上がったバイオリンを持ってロベルトの家に向かった。

ロベルトはピカピカに磨き上げられ見違えるようになった相棒を手に取り、しばらくじっと眺めていた。それからゆっくりと道具箱から魂柱を立てる道具を取り出し、作業にかかった。

弦を張り、軽く音出しをする。それからおもむろに立ち上がり、弓を振り上げた。

聴き慣れたメロディーが流れ、ニキチはなんだか懐かしいものに出会ったような気がした。

ロベルトは目を閉じてバイオリンを弾いていた。口元がうっすら微笑んでいる。

「どうだべ？」

曲が終わり、ロベルトが弓を下すと、ニキチが尋ねた。

「うん、間違いなく俺の相棒だ。生まれ変わって帰ってきたみたいだ」

ロベルトはそう言うと、ニキチの手を取った。

「ありがとう」

ロベルトはニキチの手を握り締めた。

「実は、頼みがあるんだども」

ロベルトがようやくニキチの手を離し、バイオリンをしまおうとしたとき、ニキチは言った。

「このバイオリン、一日だけ貸してもらえねえべか？」

「いいけど、何するんだ？」

ニキチの意外な頼みに、ロベルトは少し訝った。

「ちょっと、異端審問所っちゅうところに行かねえといけねえことになっちまってな」

「い、いたんしんもんじょ？」

ロベルトは声が裏返るほど驚いた。

ニキチは先日の顛末をロベルトに話して聞かせた。

「サンドロもえれえ心配してくれるんだども、お役人もそんなにおっかなくねかったし、何もやってねえんならおっかながることはねえって言ってくれただ。そんなに心配しねえでもいいだよ」

ニキチは言った。サンドロもロベルトも何をそんなに心配するんだべか？　ニキチはわからなかった。


その夜、ロベルトはフェルナンドの屋敷にいた。

フェルナンドの書斎に、今度はすぐに通され、今日ニキチから聞いたことを一通り話したあと、ロベルトは言った。

「旦那、この間預けたバイオリン、どこかに隠して置くことはできねえだろうか」

「隠す？」

フェルナンドは聞き返した。

「この間も言ったように、あれは特別なバイオリンなんだ。あんなバイオリンは普通の楽器職人には作れねえ。あれを作れるのはよっぽどの名人だ。いや、名人にも作れるかどうか。それくらいすごいものなんだ。それを、楽器の知識のまるでない素人が作ったんだ。魔術と言われれば、そう思う人間も出てくるだろう。幸い、今回ニキチが持って行ったバイオリンはあれとは違う作り方のものだ。これもまた素晴らしい出来だが、魔術とまでは思われないだろう。しかし、あのバイオリンはまずい。とにかくニキチを守るために、あのバイオリンをどこかに隠してもらいたいんだ」

ロベルトは必死に訴えた。

「わかった。考えてみよう。その投書の出どころについても調べてみるよ」

しばらく考えて、フェルナンドが言った。

ロベルトが帰ったあと、フェルナンドは書斎の壁際に置いてある変わった形の家具の前に立った。それは昔、ニキチが作ったからくり箪笥だった。

フェルナンドは家具の前面についている小さな引き出しを次々と抜いていった。全部抜き終わると、残った枠も外し、奥から隠し引き出しを引き出した。

そして、戸棚の中から青い布に包まれたバイオリンを取り出すと、その隠し引き出しにそっと入れてみた。バイオリンはまるで誂えたように引き出しにぴったり収まった。

フェルナンドは引き出しに収まったバイオリンをしばらく眺めたあと、静かにそれを家具の奥に押し入れ、枠もはめ、小さな引き出しを元通り入れ直した。

それから、大きく息をすると家具のそばを離れ、何事もなかったかのように、机に向かって書類に目を通し始めた。


仕事を終えて作業員が帰ったあとの大手家具工房の一室。例の男たちがまた集まっていた。

「くっそー、なんでおとがめなしなんだ？」

ジラルドが赤ら顔をさらに赤くして言った。

「なんでも、証拠不十分てことらしい」

斜め向かいの男が言った。

「証拠？　証拠なんて要るのか？」

ジラルドが言った。

「今は昔と違っていろいろ調べるらしいぜ」

また違う男が言った。ニット帽を被っている。

「でもよ、ロベルトの奴が持っているバイオリンはすごいっていう噂じゃないか。とても人間技じゃないって」

ジラルドが鼻をひくひくさせた。

「それが、異端審問所で改めて聴くと、いい音には違いないが、魔術を使ったというほどではなかったらしい」

と、ニット帽の男が言った。

「しかし、そのバイオリンは噂のバイオリンとは違うって話だぜ。噂のバイオリンは盗まれたって話だ」

斜め向かいの男がそう言うと、ジラルドは血相を変えた。

「ちょっと待ってくれ。俺たちが盗んだバイオリンのほかにロベルトはもう一本持っていたはずだよな？　それも盗まれたのか？」

ジラルドが言った。

「わからん。とにかく今あるのは、ロベルトがもともと持っていたバイオリンをニキチって奴が修理したものだけらしいぜ」

斜め向かいの男は言った。男たちはしばらく無言で何か考えているようだった。

「おい、盗んだバイオリンはどうした？」

沈黙を破って、ジラルドが言った。

「ああ、確かブルーノの奴が分解するとか言って持って行ったよな」

ニット帽の男が斜め向かいの男に確かめるように言った。

「うん、あの薄塗りのニスが何なのか調べるとか言っていたが、結局わからなかったようだ」

斜め向かいの男が言った。

「分解しちまったのかよ。元通りになるのか?」

ジラルドは舌打ちして言った。

「それは無理だ。木を削っちまったんだからな」

斜め向かいの男が言った。

「それより、これからどうするんだ?」

ニット帽が言った。

「俺はもう手を引かせてもらうぜ。ニキチって奴はもうバイオリンを作らないっていう話じゃないか。それなら俺たちの商売の邪魔にはならない。それにこれ以上何かしたら、こっちの手が後ろに回っちまう」

斜め向かいの男が言った。どうやらこの男もバイオリンを生業にしているらしい

「そうだな。話によると、異端審問所じゃ今、ガリレオとかいう学者の、地面が動くとか動かないとかいう書物の裁判に手を取られていて、ほかのところは手薄になっているらしい。投書の出どころを知られないうちに、さっさと切り上げたほうが身のためかもな」

ニット帽が言った。

「そうだよな」

男たちは異口同音に二人の意見に賛成した。

「待ってくれ。このままニキチの奴を野放しにするのか？　奴はいつまたもの凄いバイオリンを作るかもしれないんだぞ」

ジラルドは両手を広げて泣きそうな顔で、男たちを説得しようとした。

「でもよ、考えてみれば俺たち、ニキチのせいで困ったこと、今までにあったか？　ニキチはまたバイオリンを作るかもしれないが、作らないかもしれないんだろ？　そんなわからないあやふやなことのために、危ない橋を渡ることはないぜ」

斜め向かいの男は言った。

「俺も降りるよ」

一人の男が席を立った。それを皮切りに、俺も、俺もと、男たちは次々に席を立って部屋を出ていった。最後まで残っていた斜め向かいの男も、ジラルドの肩を叩いて部屋を出、ドアを閉めて立ち去った。

残されたジラルドは、魂が抜けたようにただ宙を見つめていた。

フェルナンドに会うのは何年ぶりだべか。前に会ったのは確か、下の娘っ子の部屋に家具を入れたときだから、三年、いや四年も経ったべか。子供たちもさぞ大きくなったべなあ。ニキチはそんなことを考えながら、フェルナンドの屋敷に続く道をゆっくり歩いた。

フェルナンドから、久しぶりに会えないかという手紙が届いたのは三日ほど前だった。手紙には用件は何も書いてなかったども、何だべか？　ニキチは不思議に思いながらも、親友であり、恩人でもあるフェルナンドとの再会に心が弾んだ。

書斎に入ると、フェルナンドはいつものように笑顔で迎えてくれた。

「元気だったか？」

フェルナンドはニキチに座るようにソファーを手で示しながら言った。

「ああ、おかげさんでなんとか達者でやってるだ」

ニキチはソファーに遠慮がちに腰掛けた。

「異端審問所に呼ばれたそうだな」

フェルナンドは、世間話でもするように表情を変えずに言った。

「なんでそれを？」

ニキチは驚いた。

「まさか、フェルナンドや向こうのお屋敷に、何か迷惑でもかけただか？」

心配そうにニキチは尋ねた。

「そういう噂は早く伝わるものさ。何も迷惑なんかこうむっていないから、安心しろ。それより」

フェルナンドはやや前のめりになって、ニキチに顔を近づけた。

「投書の出どころについて、少し調べてみたんだが、ジラルドが一枚かんでいた。というより、ジラルドが首謀者だったんだ」

「ジラルド？」

ニキチは何のことかわからないようだった。

「覚えてないか？　ほら、昔、ニスや材木の出荷を止めて、ニキチの仕事の邪魔をしようとした、家具屋の馬鹿息子だ」

フェルナンドが言った。

「ああ、そう言えばそんなこともあっただなあ」

ニキチはのんびりした口調で言った。

まったくおまえって奴は。フェルナンドは、仕事のこと以外に興味を持たないニキチの呑気さに、苦笑いした。まあ、それでこそニキチなのだが。

「あらましは、こうだ」

フェルナンドは説明を始めた。

「ジラルドの奴、ニキチの作ったバイオリンの噂を聞きつけ、楽器職人を集めて、あいつをこのままにしておいたら、バイオリン作りの仕事を全部持って行かれちまうかもしれない、とかなんとか言って不安を煽って、投書を書かせたらしい。なんで噂のバイオリンをニキチが作ったのだとジラルドにわかったのかは謎だが、そういう鼻だけは利くらしい。ロベルトの部屋からバイオリンを盗んだのも奴らだそうだ」

フェルナンドはため息をついた。

「いくつになっても相変わらず馬鹿な奴だ」

「バイオリンを盗んだのも、そのジラルドっちゅう奴の仲間だか？」

ニキチは黙って聞いていたが、ここで質問をはさんだ。

「ああ、そういう話だ。分解して壊してしまったらしいが」

フェルナンドは答えた。ニキチは何かを考えているようだった。

「そして、ジラルドの思惑は外れ、ニキチはおとがめなしになって、楽器職人たちも冷静になったのだろう。全員この件から手を引き、ジラルドのもとを去ったそうだ」

フェルナンドはそこで言葉を切り、改めて言った。

「さて、どうしたものかな。通報してジラルドに相応の罰を与えてもいいんだが、奴のことだからまた逆恨みして、愚かなことを繰り返すに違いない。ニキチはどう思う？」

フェルナンドは尋ねた。

「バイオリンを盗んでロベルトに怖い思いをさせたのは、許せねえが、もともと、おらが妙なもん作ったばっかりに、こんなことになっちまっただ。おらにも責任はある」

ニキチは言った。

「ニキチは凄すぎるんだ」

フェルナンドは独り言のように言った。

「その凄さを世の中が受け止められないだけだ」

フェルナンドは何を言っているんだべか？　ニキチはわからなかった。

「ニキチは何も悪くない、ということさ」

きょとんとしているニキチに、フェルナンドは諭すように言った。

「あいつが馬鹿なだけだ。馬鹿は相手にしない。それでいいな？」

フェルナンドは言った。

「おらは構わねえ」

ニキチはうなずいた。

「ところで、ニキチ」

フェルナンドは両手の指を組みながら、ゆっくりと言った。

「日本に帰る気はないか？」

「日本に？」

ニキチは驚いて、持っていたお茶のカップを落としそうになった。

「日本では今、国内の安定を図るために外国との交流を絶っているらしいが、オランダとは貿易をしているそうだ」

驚いているニキチに、言っていることがうまく伝わるように、フェルナンドはゆっくりと言葉を続けた。

「そのオランダに伝手が出来た。うまくすれば、ニキチを日本に送り届けることができるかもしれない」

ニキチは黙ってフェルナンドの顔を見つめていた。

「急にこんな話をして、驚くかもしれないが、俺はずっと考えていたんだ。ニキチの生きていく上での選択肢として、祖国に帰るという道も用意してやりたいと」

フェルナンドはそこで言葉を切り、ニキチの顔をじっと見つめた。

「長い間この国で暮らして、この国にすっかり馴染んで友人もでき、家具職人としても立派にやっている今、いきなりそれを全部捨てて日本に帰っても、苦労するだけかもしれない。だが、もし日本に帰る気があるのなら、その苦労を覚悟して帰国するという道もある。しかし、ニキチももう若くない。日本に帰るなら今しかないと思うんだ」

フェルナンドはニキチに向き直り、改めて尋ねた。

「なあ、ニキチは日本に帰りたいと思ったことはないのか?」

「帰りてえと思ったことがねえと言ったら、嘘になるども」

ニキチはしばらく考えていたが、やがて言った。

「そんなことができるとは考えたこともねえ。おらはここに骨を埋めるもんだと思って今までやってきただ。それがおらの生まれる前からの約束みてえなもんだと思ってきただ」

「そうか」

二人の間を沈黙が流れた。

「フェルナンドは、おらが日本に帰ったほうがいいと思うだか？」

やがてニキチがおずおずと尋ねた。

「正直、わからない。ニキチに会えなくなるのは、親友としては寂しいが、な。返事は今でなくてもいい。ゆっくり考えて決めてくれ」

フェルナンドは言った。ニキチはまた黙って考え込んでいたが、やがて大きく息をすると言った。

「おら、日本に帰るだ」

ニキチの答えはあまりにあっけなく、驚いたのはフェルナンドの方だった。

「おい、本当にそれでいいのか？　仕事も友達も一から作らないといけないんだぞ。第一、日本語も忘れているだろう？　言葉が通じるかどうかもわからないんだぞ」

本当にそれでいいのか、後悔しないかと、フェルナンドは何度も念を押した。聞きようによってはまるで引き止めようとでもしているかのようであった。

「そんなこと、おらが一番知っているだ。言葉がわからねえ苦労ならこの国で経験済みだ」

フェルナンドの慌てぶりに、ニキチは思わず苦笑して言った。

「本当にいいんだな？」

フェルナンドは最後に、諦めたように言った。ニキチは黙ってうなずいた。

港にはロベルトやサンドロ、ジーノが見送りに来てくれた。エリザベッタはさっきから涙で顔をぐしゃぐしゃにしてニキチに抱きついて離れない。フェルナンドは母親の背中に手を置いてなだめている。

「ラウルの奴、とうとう来なかったな」

「ああ、本当は一番寂しいくせに。まったく、意地っ張りな奴だ」

「あいつ、ニキチから注文がくるたびに、細かいとかうるさいとか文句ばっかり言っていたけど、本当はうれしかったんだぜ」

「そうだな。腕を見込んでいるからこそそういう注文が出来るんだからなあ」

「おい、ニキチ。本当に一人で大丈夫なのか？」

ジーノと話していたサンドロが、ニキチに話しかけた。

「わがんねけんど、やってみるだ。今までほんとにありがとなあ。ラウルにもよろしく伝えてけろな」

「ニキチ、そろそろ時間だ。さあ、母さん」

フェルナンドが、エリザベッタをニキチから引き離しながら言った。

「いいか。工房はしばらくあのままにしておく。何かあったら、ビスホップに言えば、すぐに帰って来られるからな。無理だけはするなよ」

「フェルナンド、それを言うのは何度目だか？　おらは大丈夫だ。もう十六の小僧っこじゃねえ」

ニキチは苦笑しながら言った。

「ロベルト、達者でな」

黙って桟橋に佇んでいるロベルトに、ニキチは声をかけた。

「ニキチ、その、何と言っていいか。いろいろありがとうな」

ロベルトは、突然祖国に帰るという友人にかける言葉を探したが、見つからなかった。

「おらもバイオリンなんてものを作ることができて楽しかっただ。最後に一曲聞かせてけろや」

ニキチはバイオリンを弾く真似をした。ロベルトはうなずき、バイオリンを構えた。

ニキチが好きないつもの曲が流れた。

やがて、出航の合図の鐘が鳴った。

「ニキチ」

フェルナンドに促され、ニキチは船に乗り込んだ。

ロベルトはバイオリンを弾き続けていた。涙が止めどなく溢れていたが、もちろん、バイオリンのせいではなかった。

ニキチは甲板に出た。下を見ると、フェルナンドやエリザベッタ、それから長年付き合ってくれた友人たちが小さく見えた。ロベルトはまだバイオリンを弾いている。もう音は聞こえないのに。

船は大きく揺れ、静かに岸を離れた。港に佇む人々がいっせいに手を振った。エリザベッタが泣きくずれるのをフェルナンドが支えている。奥様、大丈夫だかなあ。

甲板で、ニキチも大きく手を振った。感謝の思いをこめて、フェルナンドから贈られたマフラーを手にさらに大きく振った。

やがて港は海の向こうに見えなくなった。

ニキチは、日本がヨーロッパで唯一貿易をしている国オランダに向かった。

フェルナンドの書斎で他愛ない雑談をしたあと、ニキチには口止めされていたんだが、と前置きをして、サンドロが話し始めた。港でニキチを見送った帰り、フェルナンドがサンドロとジーノ、それにロベルトを、お茶でもどうかと屋敷に誘ったのだ。

「俺たち必死でニキチを止めたんだ。日本に帰っても苦労するだけだ、ここにいろ、ここにいてくれ、って最後はもう懇願するように言ったんだが、あいつは頑として聞かなかった。もともと頑固なのは知っていたが、尋常じゃない頑固さだった。そんなに日本に帰りたいか、そんなにこの国がいやか？　この国のどこがそんなにいやなんだ？　と問い詰めたら、顔を曇らせて、おら、この国が好きだ、できれば離れたくねえっていうんだ」

サンドロは辛そうに顔を伏せた。

「だども、ってニキチは言ったんだ。フェルナンドはおらがここにいねえほうがおらのためにいいと思っているって。言葉では引き止めてくれているども、それも本心から引き止めてくれているのは痛いほどわかるんだども、おらのためにはここにいねえほうがいいと思っているのもわかるんだって、ニキチは言うんだ。それはこの間、おらが異端審問所に呼ばれたことと関係があるのかもしれねえ、おらにはわがんねけんど、フェルナンドがそう考えるのなら、おらはそれを信じる。フェルナンドは絶対おらの悪いようにはしねえ、って、ニキチは言ったんだ」

サンドロはそこで言葉を切り、フェルナンドに向き直って言った。

「なあ、旦那、本当にそうなのか？」

「ニキチが、そんなことを」

フェルナンドはそう言ったきり、黙ってしまった。

ロベルトが何か言いたげに口を動かしかけたが、結局何も言わず、気づまりな沈黙が流れた。

「ああ、そうだ。ニキチの言う通りだ。俺はニキチの凄さが怖かった」

フェルナンドはようやく重い口を開いた。

「ジラルドの馬鹿な企てが失敗に終わり、今回は運よく災難を免れたが、もう少し頭のいい奴が同じようなことを画策したら、どうなっていたかわからない。たしかに魔術なんて馬鹿げている。ニキチはただ腕のいい真っ正直な家具職人だ。腕のよさが並み外れているだけだ。だが、その並み外れた腕のよさを魔術と言われたら、やっかみ半分でそれを信じようとする人間も出てこないとは限らない。もしあの、噂になったバイオリンが異端審問所に持ち込まれたら、どうなっていたか」

フェルナンドは両手で顔を拭った。

「俺はニキチを守ってやれるか、自信がなかった。それをニキチが見抜いたのかもしれない。情けない話だ」

「いや、それは違う」

黙って聞いていたジーノが言った。

「帰国が決まってからニキチはラウルの工房に泊まり込むようになった。鍛冶屋の仕事を一から習うためだ。日本に持ち込める道具は限られているから、向こうで自分で道具を作るためだと言っていた。ニキチはラウルのもとで必死で鍛冶屋の技術を習得した。飲み込みが早く、短い間になんとか簡単なノミぐらいは作れるまでになったらしい。頑張るなあと感心すると、ニキチは、フェルナンドがせっかくおらのために日本に帰してくれるんだ。日本でも立派にやっていかねえとフェルナンドに悪いもんなあ、って言っていた。旦那がそんなふうに自分を責めたら、それこそニキチに悪かないか？　ニキチは立派な職人だ。帰国を決断したニキチを、俺は尊敬する」

ジーノは晴れ晴れとした表情でそう言い、問いかけるようにフェルナンドを見つめた。

「ニキチは幸せな奴だな。こんなふうにわかってくれる友人がいて」

長い間黙ってジーノを見つめていたフェルナンドは、やがてややかすれた声でそう言った。

「何言ってるんだ。ニキチと一番つきあいが長いのは旦那じゃないか」

ジーノが言った。

「そうだ。しっかりしてくれよ」

サンドロが言った。

「ああ、すまん」

フェルナンドは再び顔を拭った。

「なんだ。旦那、泣いてんのか？」

サンドロが笑いを含んだ声で言った。

フェルナンドの目から止めどなく涙が溢れた。


ニキチがローマをあとにして三ヶ月が過ぎた。

フェルナンドのもとにオランダ貿易商のビスホップから手紙が届いた。ニキチはいろいろな審問をされたが、とにかく無事に入国できたこと、日本の対外政策の取り締まりは厳しくなる一方で、五年以上外国に在住している邦人の帰国を認めないという法令が出されたこと、もうひと月遅ければニキチの帰国も危なかったということが、手紙には書かれていた。

日本国内では、外国人が長崎や平戸に隔離され、邦人との接触も制限され始めたという。ビスホップがニキチと直接接触することは、ニキチのためにもよくないので、今後は会うことも極力避けなければならない。ニキチがローマに戻ることも相当に難しくなるだろうと、手紙は結んでいた。

フェルナンドは後悔するのをやめていた。それはサンドロやジーノとの約束でもあった。自分に課した誓いでもあった。今、ニキチのために何ができるか。それを最優先に考えよう。フェルナンドは日本についての情報を集めるべく、さらに伝手を求めて動いた。

三年四年と、これといった進展もないまま歳月が流れた。日本は頑なに外国との交流を閉ざし、情報はますます入りにくくなった。

そんな五年目のある日、アーレンツというオランダの商人が、日本から変わった調度品を手に入れたという噂を聞きつけた。早速フェルナンドはアーレンツを呼び寄せ、その調度品を持ってこさせた。

フェルナンドの書斎に通されたアーレンツは、濃い青色の布に包まれた四角い箱のようなものをテーブルの上に置いた。そしておもむろに包みを解いた。中からは小さな引き出しがたくさんついた琥珀色の艶のある箱が現れた。よく見ると、引き出しの大きさや形が少しずつ違っていて、それが複雑に組み合わされて嵌め込まれている。

「これが今、日本で非常に流行っているからくり箪笥というものでございますよ、旦那さま」

揉み手をしながら、アーレンツは言った。

「よくご覧になっていてくださいまし」

アーレンツはたくさんある引き出しの一つに手をかけた。

「えーっと、これだったかな?」

アーレンツは下の方の引き出しを一つ抜くと、その奥に太い指を窮屈そうに挿し入れた。中からはもう一つ引き出しが出てきた。アーレンツは、どうだと言わんばかりに、その引き出しをフェルナンドの前に置いた。

「これだけではございませんよ」

アーレンツは人差し指を立てて横に振り、引き出しを抜いた穴に再び指を挿し入れ、底板を外した。底板の下は小さな空洞になっていた。つづいて箱の上に組んである組み板の一つを外し、中から木の棒を引き出した。そして先ほど抜いた底板の下の空洞を指差し、フェルナンドの顔を見た。アーレンツの指差した先を見ると、空洞の横の壁が持ち上がって、もう一つの空洞が現れた。

「どうでございますか? 素晴らしいからくり、素晴らしい調度品でございましょう？　わたしはこれを初めて見たときはもうびっくりしてしまいました。文明が遅れているると思われている日本にも、こんなに素晴らしいものを作ることができる職人がいる」

アーレンツはひとり感嘆のため息をついた。

ニキチか？

フェルナンドはあらぬ方向に向けてそっと問いかけた。

「えっ？」

アーレンツはけげんな顔をしたが、フェルナンドは構わず、先ほどアーレンツが調度品から抜いた引き出しを手に取った。

ふと引き出しを裏返すと、そこに小さく薄い文字のようなものが書かれていた。

ラテン文字で、ＮＩＫＩＣＩ。

「ニキチだ」

フェルナンドは叫んだ。

「ニキチだ。ニキチなんだ。これを作ったのはニキチなんだよ」

フェルナンドは興奮気味にそう繰り返し、アーレンツの肩を何度も叩いた。アーレンツは何が何だかさっぱりわからず、呆気にとられた。

やがてフェルナンドは落ち着きを取り戻し、その調度品をアーレンツの言い値で買った。

アーレンツが帰ったあとも、フェルナンドは長い間引き出しの裏に書かれたニキチの文字を、いとおしそうに撫でていた。

「ニキチ、腕を上げたじゃないか」

フェルナンドはつぶやいた。


アントニオはショックを受けた。

自分はこれまで楽器職人として何年も修業を積み、曲がりなりにも工房を構えた。バイオリン作りに関してはプロであり、それなりに自信があった。出来上がったバイオリンを評価してくれる演奏家もいる。それは長年の経験と努力の賜物だと思ってきた。

なのに何なんだ？　このバイオリンの音の響きは。しかも聞くところによると、作ったのは楽器に関しては素人に近い家具職人だという。

こんな音、聴いたこともない。口惜しいが、少なくとも今の俺には出せない音だ。言いようもない敗北感がアントニオを襲った。完敗だった。

フェルナンド・アルドブランディーニという公爵から手紙が届いたのは、ひと月ほど前のことだった。君の作るバイオリンは素晴らしい、一度会えないだろうか、君にぜひ見せたいものがある、と、手紙には書いてあった。貴族の館に呼ばれるのは珍しいことではないが、見せたいものとは何だろうかと気になった。早速仕事の調整をしてしばらく工房を休む段取りをつけ、工房のあるクレモナからこのローマにやってきたのだった。

アルドブランディーニ老公爵は、アントニオを自分の書斎に招き入れ、長旅の疲れをねぎらったあと、早速アントニオの前にそれを差し出した。青い布に包まれたそれはひどく塗りの薄いバイオリンだった。塗りがこんなに薄いのに弦を張ってもバイオリンが歪まないのは、きっと板類が分厚いからだ。そう思ってバイオリンを持ち上げてみると、驚くほど軽い。

「これは」

アントニオが絶句していると、老公爵は微笑んで言った。

「何も言わずに、音を聴いてみてくれ」

そして老公爵は、控えていたバイオリン弾きにバイオリンを弾かせたのだった。

「ニキチが残したたった一本の傑作だ。もう誰も魔術とは言うまい」

敗北感に打ちのめされているアントニオを前に、老公爵は独り言のように言った。

「これを君に託そうと思う」

老公爵はアントニオに向かい改めて言った。

「託す？」

アントニオは聞き返した。

「聴いての通り、これは凄いバイオリンだ。君の作るバイオリンも素晴らしいが、これは特別だ。君もそれは認めるだろう。残念ながらこれを作ったニキチはもうこの国にはいない。たぶんこの世にもいないだろう。ニキチはわしの生涯の友人だ。同い年のもな。わしは君に会うために長生きをした。君のように若くて才能のある楽器職人にこのバイオリンを託すために、な」

老公爵は遠い目をして語っていたが、そこで言葉を切り、アントニオに向かって言った。

「このバイオリンを解体して模倣してみるのもよし、当時のまま維持してあるニキチの工房に行ってヒントを得るもよし、あるいはこのバイオリンの存在自体を黙殺し、何事もなかったように帰ってもいい。ここからは君の自由だ。わしは君にニキチを、このバイオリンを会わせたかった。ただそれだけだ」

それから老公爵は昔話をするようにニキチについて語った。

十六のとき船大工の弟子として日本から連れて来られ、病を得てこの国に置き去りにされたこと。言葉もわからぬこの国で家具職人として一心に仕事をしていたこと。その丁寧な仕事が評判を呼び、家具は飛ぶように売れたが、それをやっかむ輩にたびたび嫌がらせをされたこと。しかしそれを気にするふうもなく、自らの技術と知恵で淡々と切り抜けたことなどを老公爵は語った。

「この家にある家具はすべてニキチが作ったものだ。五十年以上経った今でも寸分も狂わず、何の問題もなく使える。いや、年月を重ねてますます味わい深くなった」

老公爵は傍にあった書棚をいとおしそうに撫でながら言った。

「その白木の家具も、ですか?」

アントニオは黙って聞いていたが、やがて壁際に置かれた家具を指差して尋ねた。小さな引き出しがたくさんついた不思議な家具だった。

「ああ、そうだが」

老公爵はうなずいた。

「ちょっと触れても構いませんか？」

アントニオは恐る恐る言った。

「もちろん、構わん。よく見るがいい」

老公爵の許可を得、アントニオは立ち上がると家具のそばまで行き、その白木の肌を撫でた。

なんてなめらかな肌なんだ？　アントニオは驚いた。見たところ何も塗られていないようだが、白木特有のザラザラした感じがない。どういう仕上げをしたのだろうか。

「そのニキチとかいう人の工房、見せてください」

アントニオの選択は決まったようだった。


工房に案内されて、アントニオはまたもや驚いた。五十年近く無人だったはずのその工房は、きちんと手入れがされ、道具類も錆びたものは一本もなく、今すぐにでも作業ができる状態になっていた。

手入れの行き届いた道具類を前に、アントニオは目を閉じた。ニキチという男は腕のいい家具職人ではあったが、楽器に関しては素人だった。あのバイオリンの作り方のヒントを得るには、まず今までに得たバイオリン作りの知識をいったんすべて捨てなければならない。アントニオはそう思った。

まず、家具から作ってみよう。

アントニオは目を開けると、木材置き場に向かった。驚いたことに、木材置き場には使い手のない木材が多種多様に揃っていた。

適当な木材を選んで作業台の前に立ち、アントニオは考えた。

あの白木の家具はどんな仕上げをしていたのだろう。それがひどく気になった。修業時代にアントニオも家具を作っていたが、どうしたらあんなになめらかな木肌になるのか、どうしてもわからなかった。

考えていても仕方がない。体を動かしてみよう。アントニオは持ってきた木材に鉋をかけ始めた。しばらくかけていると、なんだか足元に違和感を感じた。

鉋は普通後ろから前に押すものだ。だから前に出した足のほうに力がかかる。床も前のほうがへこむのが普通だ。だが、ここの床はよく見ると後ろ足のほうがへこんでいる。どういうことだろう。

アントニオはふと鉋を逆に持ち替えて、前から後ろに鉋を引いてみた。すると鉋はするすると滑るように木材の上を進んだ。力を入れずにすっと削れるのだ。みると鉋には向こうが透けて見えるくらい薄いおがくずがついていた。

もしかしたら、と、今鉋をかけた木材の表面を撫でてみて、アントニオは確信した。これだ。

アントニオは早速簡単な飾り棚を作り始めた。どの面も鉋を前から後ろに引いて仕上げた。アントニオの思った通り、それは白木のままでもなめらかな木肌の美しい飾り棚になった。

一つの謎は解けた。


次の謎はあのバイオリンの軽さだ。

工房の中を調べていて、アントニオはバイオリンの図面らしきものを見つけた。変わった形の定規みたいなものもある。

楽器について知識のないニキチは壊れたバイオリンを解体し、割れた部品を忠実に復元しようとしていたようだ。図面に書かれた寸法や細かい書き込みにアントニオは目を奪われた。木目の向きなど大事なところをよく観察している。板の削り具合も、自ら定規を作って元のバイオリンと寸分違わないように作れるようになっている。さらにバイオリンの内型なども残っていた。このままこの図面と定規、内型を使えば立派なバイオリンが作れるはずだ。

　だが、それはどこにでもある普通のバイオリンだ。あのバイオリンではない。話によると、ニキチは作り方の違う四本のバイオリンを作ったという。友人の大事なバイオリンをいきなり手にかけて失敗するのを恐れたニキチは、板の削り具合と塗料の種類を変えて四種類のバイオリンを試作した。そのうちの一本があのバイオリンだそうだ。

　アントニオはとりあえず、ニキチの書いた図面と定規を使ってバイオリンを作ってみることにした。今までに得たバイオリンについての知識を極力忘れて、この図面の通りに作ってみようと思った。

　まず側板だ。スプルース材を薄く切り、図面に書かれた寸法通り裁断してしばらく水につけ、コテでゆっくり曲げる。側板を内側から支えるブロックも図面通りに作り、薄くニカワを塗った内型にブロックと側板を固定する。

　ここまでは腕のいい家具職人なら難なくこなせるだろう。ニキチが思い悩むとしたら次の表板と裏板の削り具合だ。ニキチはどう考えたのだろう。アントニオはこれも図面通りの形にスプルース材を切り出した表板と裏板を見つめた。

　ニキチが不安に思うことは何だろう。アントニオは考えた。自分は家具作りに関してはプロだが、楽器に関しては素人だ。家具と楽器の違いについてアントニオは考えた。楽器の使用目的は考えるまでもなく音を出すことだ
そうか。音だ。ニキチにとって音を出すということは未知の世界だったに違いない。

アントニオはふと、まだ削っていない、切り出したばかりの表板を拳で軽く叩いてみた。トントンと乾いた低い音がした。こんなことは楽器職人はまずしない行動だ。アントニオはいろいろ場所を変えて叩いた。すると板の厚さは一定のはずなのに叩く場所によって音程が微妙に違うのだった。アントニオは驚いた。なぜ今までこんなことに気がつかなかったのだろう。

音程が違う原因はたぶん木材の材質の目の詰まり具合、つまり木の堅さの違いによるものだろう。同じ木材でも場所によってこんなに堅さが違うのか。アントニオは試しに裏板のほうも叩いてみた。やはり叩く場所によって微妙に出る音が違う。

アントニオは考えた。場所によってこんなに堅さが違うとどういうことが起きるのか。外から力を加えると、堅いところと柔らかいところがあれば、柔らかいところにその力が集中するものだ。そこからものは壊れるのだ。つまり堅さを均等にすれば壊れにくくなるのだ。ニキチがそこまで考えたかどうかはわからないが、たぶん板を拳で叩きながら同じ音程になるように削り方を調整したのだ。そうして削っていった結

果、あの軽いバイオリンになったのかもしれない。板が薄くても弦の張りの強さに耐え得るあのバイオリンに。

アントニオは老公爵に託されたバイオリンの青い包みを開いた。そしてバイオリンを手に取ると、そのボディーをそっと拳で叩いた。場所を変えて二度三度叩いて、アントニオはうなずいた。思った通り、どこを叩いても同じ音程の音がした。あのバイオリンの軽さの秘密はこれだったのだ。

アントニオはバイオリン作りに戻った。作業台の前に立ち、ノミで表板と裏板の削りの作業を始めた。ある程度普通に削ったあと、拳で板を叩いて音程を確かめながら削っていった。

アントニオは夜が更けるのも忘れて、淡々と作業を進めた。顔も見たことのないニキチという男のことを考えながら。


ついに白木のバイオリンが出来上がった。

表面の仕上げも鉋を向こうから手前に引くやり方で仕上げた。これも前に作った飾り棚同様、紙ヤスリをかける必要がないくらいになめらかな木肌に仕上がった。

アントニオはこのときまだ気づいていなかったが、この紙ヤスリをかけていない鉋仕上げのなめらかな木肌、これもまたあのバイオリンと音の響きの秘密の一つだった。紙ヤスリでは落ちてしまう鉋仕上げの木肌の微妙な凹凸が音に揺らぎを与えるのだ。

アントニオはそれとは知らず、白木のバイオリンを何度も撫でて、その木肌のなめらかな感触を楽しんだ。

あとは本来ならニスを塗るところだ。だが、あのバイオリンに塗られているのはどうやら自分たちが普段楽器作りに使っているニスとは全く違うもののようだった。塗り方もなんだか変わっている。塗るというより木肌に染み込ませるような、すり込むような、何と言うか、塗料と木肌が一体になっている感じだった。この塗料もまたバイオリンのボディーを強くしているに違いない、と、アントニオは思った。もちろん音の響きにも何らかの少なからぬ影響があるに違いなかった。

この塗料の正体は何なのか。アントニオは考えた。何か手がかりはないものかと、工房の中をくまなく探したが、それらしき資料やメモはどこにもなかった。何かの樹液だろうか。それとも特別な調合のニスか。アントニオは、ニキチが五十年前に作ったバイオリンと、たった今自分が作った白木のバイオリンとを見比べてため息をついた。

それからアントニオはニキチの工房に籠って約ひと月、塗料について悶々と考え続けた。塗料屋に出かけて様々な塗料を手に入れ、いろいろ調合してもみた。だが、謎の塗料の正体はわからないままだった。

しかしそろそろクレモナに帰らなければならない。いつまでも店を閉めておくわけにもいかない。このままこの工房に籠っていても、無益に時が経つだけだ。クレモナに帰ろう。アントニオは身を引き剥がすようにローマを発つ決心をした。

工房を出てドアに鍵をかける。ふと見ると工房の裏の方に見たこともない木が植わっていた。

それは漆だった。エドがアルドブランディーニ家の庭師を引退するときにエリザベッタに、ニキチが帰ってきたときのために、と申し出て屋敷からここに移植したものだった。探し求めていた謎の塗料は、すぐそこにあったのだ。

しかし、そんなことはアントニオは知るよしもない。五十年誰にも邪魔されずこの場で成長を続けた漆は、まるで自生していたかのようにたくましく大地に根を張っていた。この工房は中はきちんと手入れがされているものの、外まで手が回らなかったようだ。五十年も放っておかれると変わった木が生えるものだと、アントニオは思った。

ローマを発つ朝、アントニオは老公爵に礼と、クレモナに帰るという報告をしに屋敷を訪れた。書斎に通されたアントニオは、このひと月ニキチの工房でいろんな発見があったことを報告した。まだ全部は解明できていないが、これから時間をかけてじっくり研究することを約束した。老公爵はアントニオの手をとって目を細めた。そして何度もうなずいた。アントニオは塗料のことについてニキチに何か聞いていないか老公爵に何度も聞こうとしたが、老公爵があまりにも感慨深げで、そしてこのひと月あまりの間になんだか急に年をとったようで、頼りなげで、とうとう聞けずじまいだった。

アントニオ・ストラディバリはその後も謎の塗料を探し続けた。そして研鑽に研鑽を積み、数々の名器を世に送り出した。塗料の正体を突き止めたかどうかはわかっていない。ただ、ニキチの作ったバイオリンを生涯の師として手元に置いていたという。

その後、そのバイオリンがどこにいったのか。今も残る謎である。

この物語は歴史上の出来事を参考にした創作であり、フィクションです。

童話&短編集

星のかけら

空からみえる星

ぼくの学校の近くにへんなおばさんが住んでいる。いつもしゃりんのついた、かわったかたちの、動くいすにすわって、自分の家のまえにいる。このかわったかたちのいすは「電動車いす」というのだと、おばさんのおかあさんがおしえてくれた。レバーを手で動かしてモーターで動くしくみみたいだ。

こんにちは、と、ぼくがいっても、おばさんは手をあげるだけで、なにもいわない。へんなの、しゃべれないのかなあ、と、ぼくは思った。

ある日、学校のかえりにぼくはおばさんの家のまえをとおりかかった。おばさんはいつものように、電動車いすにすわっていた。あたりにはぼくとおばさんのほかにだれもいなくて、おばさんはぼくのほうをじっとみている。ぼくはなんだかこわくなって、いそいでとおりすぎようとした。

そのとき、声がきこえた。

「このあいだは、声をかけてくれてありがとう」

ぼくはおどろいて、思わず立ちどまった。

「この車いす、かっこいいでしょ」

声はつづいた。おばさんのほうをみると、おばさんは口を動かしていない。声は、おばさんの口じゃなくて目からきこえてくるみたいだった。

「のってみたい？」

声はぼくにきいた。

「そんなの、のりたくないもん」

ぼくはこたえた。

「うそだあ。ほんとはのってみたいくせに」

声はいった。

「ほんとだもん」

ぼくは、ぷん、と、ふくれてみせた。

「いいことおしえてあげる」

声は、ぼくのいうことを無視するように、いった。

「この車いすはね、夜になると、空をとべるんだよ」

声はいった。

「うそだあ」

こんどは、ぼくがいうばんだった。

「うそじゃないよ。おばさんはまいばん、この車いすで、夜の空をさんぽしているんだよ」

声はいった。

「そんなの、しんじられないよ」

ぼくはぷんぷんしながらいった。

「君の名前は、なんていうの？」

声はきいた。

「たかはし、ゆうた」

ぼくはこたえた。

「じゃあ、こんや12時に空をとんで、ゆうた君の家にいくよ」

声はいった。

「ぼくの家、しってるの？」

ぼくはびっくりしてきいた。

「名前がわかれば、星がおしえてくれるんだよ」

声がへんなことをいった。ぼくはわけがわからなかった。

「とにかく、こんや12時に君の家にいくからね」

声がそういうと、おばさんは左手をあげて右手でレバーをにぎり、電動車いすを動かして、どこかにいってしまった。


家にかえると、ぼくはおばさんのことをずっとかんがえていた。

あの車いすが空をとぶなんて、うそにきまっている。

ぼくはそう声にだしていってみた。だけど、やっぱり気になる。

ほんとにとぶのかな。

星がおしえてくれるって、どういうことだろう。

ぼくはごはんをたべるときも、おふろにはいっているときも、ふとんにはいってからも、ずっとおばさんのことをかんがえていた。

そして、かんがえるのにつかれて、ねてしまった。


トントン、トントン。

だれかがまどをたたいている。時計をみると夜中の12時だった。

ぼくは目をこすりながらおきあがり、まどのそばまでいった。

カーテンをあけると、そこにはおばさんがあの車いすにすわっていた。

ぼくはびっくりしてもういちど目をこすった。このへやは二かいで、おばさんは車いすごと空中にういているのだった。

おばさんはパジャマをきていて、びっくりしているぼくをみて、おもしろそうにわらっていた。

「やくそくどおり、空をとんできたよ」

おばさんはあいかわらず目から声をだしていた。

「うしろにのりなよ。いっしょに空をさんぽしよう」

みると、車いすのうしろには小さなざせきがついていた。ひるまはなにもついていなかったはずだ。

まよっていると、おばさんは手をのばしてきた。そしてぼくをひょいともちあげると、うしろのざせきにすわらせた。ぼくはなんだかきゅうにからだがかるくなったような気がした。

「さあ、出発するよ」

おばさんはそういって車いすのレバーをまえにたおした。車いすは、するすると音もなく動きだした。

車いすはどんどん上にあがっていった。下をみると、ぼくの家がだんだん小さくなっていく。ぼくはこわくなって、車いすにぎゅっとしがみついた。

星が、わらうようにひかっていた。

「だいじょうぶだよ。君は君のゆめのちからでとんでいるんだ。だから、おちることはないよ」

おばさんはいった。

「ゆめのちから?」

ぼくはききかえした。

「そう。ゆうた君のゆめのちから。子どもはだれでももっているんだよ。この車いすは、そのゆめのちからをひきだして、空をとぶちからにかえているんだ」

おばさんはいった。

「じゃあ、子どもはみんな空をとべるの？」

ぼくはきいた。

「夜中にこの車いすにのればね」

おばさんはいった。

「おばさんはおとななのに、どうして空をとべるの？」

ぼくはまたきいた。

「さあね。おばさんは、ふつうの人よりゆめのちからがほんのすこしつよいからかな」

おばさんはそういうと、レバーを左にたおした。

車いすは左にまがり、きらきらひかる星くずの中を、ますます上のほうにのぼっていった。

しばらくすると、車いすは上にのぼるのをやめ、スピードをゆるめてゆっくりまえにすすみはじめた。

星はあいかわらずきらきら光り、ゆっくりうしろのほうにながれていった。

「どうしてぼくの家のばしょがわかったの？　名前をおしえただけなのに」

ぼくはずっと気になっていたことをきいてみた。

「名前というのはね、すごいんだよ。すごいパワーをもっているんだ」

おばさんはまえをむいたままいった。

「たとえば、ゆうたという名前は、ゆうたくんのおとうさんやおかあさんがいしょうけんめいかんがえてつけてくれたんだ。元気にそだつようにとか、りっぱな人になるようにってねがいをこめてね。そのねがいのつよさが、パワーになるんだ」

おばさんはつづけた。

「そして、だれかが君の名前をよぶたびに、そのパワーがつよくなるんだよ」

おばさんはいった。ぼくはだまってきいていた。

「しってる？　名前をよばれると人のからだにエネルギーがちくせきされて、夜になるとひかるんだよ。星のひかりかただから、近くにいるとわからないけどね。うんとおくの、空の、ある場所からそのひかりはみえるんだ。

これからその場所につれていってあげるよ。すごくきれいだよ」

おばさんはいった。

車いすはおともなくゆっくりまえにすすんでいた。ぼくはおばさんのかみのけがふわふわゆれるのをなんとなくみていた。

しばらくすると、ぼんやりと明るいところに出た。車いすはしずかにとまった。

「さあついた。ここだよ。下をみてごらん」

おばさんはいった。

下をみて、ぼくはびっくりした。そこはまるで、ひかりの海だった。

「あの中のひとつひとつが、だれかの名前のひかりなんだ」

おばさんはいった。よくみると、ひかりの海には赤や青やいろんな色のひかりのつぶが、ぴかぴかとてんめつしているのだった。

これがぜんぶ、だれかの名前のパワーでひかっているのか。ぼくはただひかりの海にみとれていた。

「だれか、友だちの名前をよんでごらん。その子のかおをおもいうかべてね」

ぼくのかおをみて、おばさんがいった。ぼくは、なんだろう、と、おもったが、ちょっとかんがえて、なかよしのあおいちゃんの名前をよぶことにした。

「さいとう、あおいちゃん」

ひかりの海にむかって、ぼくは大きな声でさけんだ。

すると、ひかりの海はすこしくらくなり、なかのひかりのつぶがひとつだけ、明るくかがやきはじめた。ピンク色のひかりのつぶだった。

「あのひかりをめざして、まっすぐ下におりていくと、あおいちゃんの家にいけるんだよ」

おばさんはピンク色のひかりのつぶをゆびさしていった。

「ぼくの家もそうやってみつけたの？」

ぼくはきいた。

「そうだよ」

おばさんはそういって、にっこりわらった。

「ぼくの名前のひかりはどんな色だった？」

ぼくは気になってきいてみた。

「うーん、そうだなあ」

おばさんはちょっとかんがえて、

「青とみどりの中間くらいの色。海みたいなきれいな色だったよ」

と、いった。

「そうなんだ」

ぼくはなんだかうれしくなった。

でも、きになることがひとつあった。

「ぼくはおとうさんやおかあさんのことを名前でよんでいないよ。そういうのは名前のパワーにならないの？」

ぼくはきいてみた。

「もちろん、なるよ」

おばさんはうなずきながら、こたえた。

「おとうさんやおかあさんや先生、その人がうれしいとおもうよばれかたをすれば、それは名前とおなじなんだ。あだなだってそうだよ」

おばさんはいった。ぼくはあんしんした。

ぼくのかおをみて、おばさんはにこにこわらいながらいった。

「おかあさんって、よんでみる?」

ぼくはうなずいた。それから大きな声でさけんだ。

「おかあさーん」

ひかりの海はまたすこしくらくなった。さっきとはちがうひかりのつぶがひとつ、かがやきはじめた。やっぱりピンク色だったが、おなじピンクでも、あおいちゃんのとはぜんぜんちがう色だった。おかあさんの色だと、ぼくはおもった。とてもきれいな星のようだった。

ぼくはこんどは、おとうさんやいつもいっしょにあそんでいるたかしくんや、担任の木村先生を、ふだんよんでいるよびかたでよんでみた。おとうさんは青むらさき、たかしくんはみどり色、木村先生はオレンジ色にひかった。みんなとてもきれいだった。

ぼくはなんだかたのしくなって、クラスの友だちや近所のおじさんや、おもいついた人たちをつぎつぎによんでみた。ひかりの海からは、いろんな色のひかりのつぶがかがやいてはきえていった。

「きれいだね」

おばさんはにこにこわらっていた。


「あっと、いけない。もうかえらないと。夜があけてしまう」

しばらくして、おばさんはいった。

「夜があけてしまうと、かえれなくなるんだよ」

おばさんはざんねんそうにいって、ぼくのかおをみた。

ぼくはもうちょっとひかりの海をみていたかったけれど、かえれなくなるのはこまるとおもった。

「いつかまた、ここにこれるかな?」

ぼくはきいてみた。

「うーん、そうだなあ。ちがうかたちかもしれないけれど、君がこのひかりの海のことをわすれなければ、いつかまた、きっとみられるよ。このきれいなひかりの海が」

おばさんは、かんがえながらゆっくりといった。

「さあ、さいごによびたい人はいないかい？」

おばさんはぼくのかおをみた。ぼくはすこしかんがえて、もういちどおかあさんをよぶことにした。

「おかあさーん」

ひかりの海は、またすこしくらくなり、やさしいピンク色のひかりのつぶがかがやきだした。ぼくはこの色をわすれないように、じっとみていた。

「じゃあ、このひかりにのって、かえろう」

おばさんはいった。車いすはしずかに動きだし、ピンク色のひかりのつぶの、真上でとまった。

「さあ、おりるよ」

おばさんはいった。ピンク色のひかりのなかを車いすは、ぼくとおばさんをのせて、ゆっくりとまっすぐ下におりていった。エレベーターみたいだ、と、ぼくはおもった。ピンク色のひかりのなかはあたたかで、ぼくはなんだかねむくなってしまった。

きがつくと、車いすはいつのまにか、ぼくのへやのまえにきていた。おばさんはへやのまどをあけて、ぼくをおろしてくれた。

「じゃあね。朝までまだ時間があるからゆっくりねむるんだよ」

おばさんはいった。

「またいつか、空のさんぽにつれていってくれる？」

ぼくはきいてみた。

「またいつかね」

おばさんはそういうと、まどをしめて左手をあげた。ぼくも右手をあげてさよならをした。車いすはゆっくりはしりだし、やがて空のかなたにきえていった。

ぼくはなんだかねむくなって、そのままベッドにもぐりこんでねてしまった。


あれから一週間たった。おばさんはあいかわらず、いつもの場所でだまって車いすにすわっている。ぼくが、おはようというと、左手をあげる。それがおばさんのあいさつなんだと、ぼくはなんとなくわかってきた。目から声はださない。もしかしたら、あれはぜんぶ夢だったのかなあ、と、ぼくはときどきおもう。そうなのかなあ、でも。

だれかに名前をよばれたり、だれかをよんだりするたびに、ぼくはあのひかりの海のことをおもいだす。おとうさんやおかあさんや、あおいちゃんやたかしくんが、きらきら星のようにひかっている場所。

ぼくはあそこできれいな海の色にひかっているんだ。そうおもうと、なんだかたのしくなった。

そういえば、おばさんの名前はなんというのだろう。ぼくはまだおばさんの名前をきいていないことに気がついた。こんど、おばさんのおかあさんにきいてみよう、と、ぼくはおもった。

赤い塗りばしと折り鶴

みさきはいつものように海をみていた。

この海のずっとむこうの遠いところにある、彼岸というところに、お母さんのたましいは住んでいるんだ。おじいちゃんはそういっていた。

みさきのお母さんは去年の夏のおわりに亡くなった。むずかしい病気で長いあいだねていて、ある朝、ねむったまま息をしなくなった。

おじいちゃんは泣いているみさきをこの浜に連れだした。そうして、みさきの髪をなでながら、いった。

「お母さんは、この海のむこうにいったんだ」

夏のおわりの海はおだやかで、どこまでも青く、きらきらひかっていた。

あのときから、みさきはずっと考えていた。どうしたらこの海のむこうにいけるんだろう。どうしたらその彼岸というところにいけるんだろう。

みさきには、お母さんに話したいことがいっぱいあった。お母さんといっしょにやりたいこともいっぱいあった。お母さんが元気になったらいっしょにやろうと思っていた折り紙も、手をつけず引き出しにしまったままだ。

お母さんはもう病気ではないと、おじいちゃんはいっていた。病気からときはなたれて、らくになったんだ、と。

病気じゃないなら、いっしょにあそんでもいいよね。

みさきは海をながめながら、声にだしてそういってみた。

きっとそうだ。みさきは思った。

みさきは元気だったころのお母さんのことをあまりよくおぼえていない。みさきがおぼえているのは、ふとんのなかでひっそりねているお母さんのすがたばかりだった。

お母さんといっしょに折り紙を折るって、どんなかんじだろう。お母さんといっしょにしゃぼん玉をするって、どんなかんじだろう。かんがえるだけで胸がいっぱいになって、みさきはますますお母さんにあいたくなった。

どうしたらこの海のむこうにいけるんだろう。みさきはまたかんがえはじめた。

およいでいこうか、と、みさきはかんがえた。みさきは浜の子供なので少しはおよげた。でも、彼岸はとても遠いところだと、おじいちゃんがいっていた。小さなみさきにたどりつけるだろうか。それに、海には大きな魚がいて、食べられてしまうかもしれない。みさきはこわくなって思わず顔をしかめた。

あーあ、何かいい方法はないかな。海のむこうまでいける大きな橋があればいいのに。

みさきがそうかんがえたときだった。

「はしならあるよ」

うしろから声がした。

ふりむくと、青い着物をきた女の人が立っていた。みさきはびっくりして、あたりを見まわした。

「どこに？」

「ここに」

女の人はそういって青い着物のたもとから、赤いうるしの箸箱をだしてみせた。

みさきはがっかりして首をふった。

「ちがうよ。それはごはんを食べるお箸でしょ。わたしがほしいのは、海のむこうまでわたっていける大きな橋なの」

「だから、これでその海のむこうにいけるのよ」

女の人は、ふふふ、とわらいながら箸箱をあけた。

「見ててごらんなさい」

女の人は箸箱から赤い塗り箸をとりだすと、波打ち際の砂の上に、太いほうを海にむけてそろえておいた。そして少しさがって塗り箸にむかって手をかざした。

すると、その小さな赤い塗り箸はだんだん大きくなりはじめた。やがて、人がのって歩けるくらいの大きさになった。

みさきがおどろいてみていると、女の人はまた、ふふふ、とわらって、今度は海のむこうに手をかざした。

大きくなった赤い塗り箸は、今度は海のむこうにどんどん長くのびていった。

塗り箸はずんずんのびて、先のほうはもうみえなくなってしまった。

「さあ、もう大丈夫。わたってもいいわ」

女の人はいった。

「この橋をわたったら、ほんとうにお母さんにあえるの?」

みさきはたずねた。

「そうよ。きっと橋のたもとでまっていてくれるわ」

女の人はやさしい声でこたえた。みさきはうれしくなって、にんまりした。

「ただし、ひとつだけやくそくしてほしいことがあるの」

女の人はまじめな顔でいった。

「なあに?」みさきはたずねた。

「三日間のうちにかならずここにもどってくること。いい? この橋は三日たつともとの小さな塗り箸にもどってしまうの。そうしたらもう二度とここにはもどってこれなくなるのよ。やくそくできる?」

女の人はみさきの顔をじっと見てたずねた。

「うん。三日間のうちにかならずもどってくるよ」

みさきは大きな声でしっかりこたえた。

それからみさきは大いそぎで家にもどって折り紙やしゃぼん玉の道具をきんちゃくぶくろにつめ、お母さんの好きな庭の花をつんで、ふたたび浜にかえってきた。海にかかった赤くて長い橋のそばには、青い着物の女の人がまっていてくれた。

女の人はみさきをだきあげて、橋の上にのせてくれた。

「三日間だからね。わすれないで」

女の人は、もう一度ねんをおすようにいった。

「うん、わかった。じゃあ、いってきます」

女の人に手をふって、みさきは海にかかる赤い橋の上を歩きだした。

それにしても長い橋だと、みさきは思った。歩いても歩いてもむこうが見えない。

みさきはときどき休みながら、歩きつづけた。

どれくらい歩いただろうか。みさきがくたびれてもう動けないと思ったとき、うっすらとむこう岸が見えてきた。橋のたもとにだれかいる。

きっと、お母さんだ。

みさきはうれしくなって、赤い橋の上をかけだした。

お母さんがわらっている。わらっているお母さんを見たのはほんとうに久しぶりだった。お母さんは、かけてくるみさきをだきとめてくれた。久しぶりにかぐ、お母さんのにおいだった。みさきは胸がいっぱいになって、お母さんに会ったらあれもいおうこれもいおうと思っていたことが、ぜんぶきえてしまっていた。ただつんできた庭の花をだまってあげただけだった。お母さんもそれをだまってうれしそうにうけとってくれた。

それからふたりでしゃぼん玉や折り紙をした。お母さんがおる折り鶴はふしぎなかたちをしていた。ほんとうの鳥みたいで、今にも飛び立ちそうだった。みさきもならって折ってみたが、お母さんのようには折れなかった。

お母さんの手から魔法のように折り鶴が作られていくのをみていると、みさきはとってもたのしくなった。いつまでも見ていたいと思った。

やくそくの三日間は夢のように過ぎていった。

お別れにお母さんは折り鶴をいっぱい作ってくれた。みさきはもっとお母さんといっしょにいたかったけれど、そういうとお母さんがかなしそうな顔をするので、がまんした。

くるときわたってきた赤い橋に、今度はお母さんがみさきをだきあげてのせてくれた。

みさきは、橋の上からお母さんをじっと見つめた。お母さんはみさきのきんちゃくぶくろに折り鶴をいっぱいつめてわたしてくれた。

「ちゃんと前を見て歩くのよ。鶴がたすけてくれるからね」

おかあさんはいった。

みさきはだまってうなずいた。なにかいうと涙がこぼれそうだった。

みさきはお母さんのいうとおり前をむいて歩きだした。すると、きんちゃくぶくろから折り鶴が飛びだしてきた。みさきはおどろいて立ちどまった。折り鶴は一羽また一羽と飛びだしてきた。そして、みさきのまわりをしずかに飛びはじめた。みさきはなんだかたのしくなって、ふたたび歩きはじめた。

折り鶴はときどき話しかけるようにみさきの顔のそばまで飛んできた。ひとりじゃないんだ、と、みさきは思った。折り鶴に守られながら、みさきは歩きつづけた。

やがて、遠くのほうに浜が見えてきた。いつもみさきがすわって海を見ている浜だ。浜ではおじいちゃんが手をふっていた。

あ、おじいちゃんだ。そう思ったときだった。鶴たちがいっせいに海のむこうに飛びたった。

いかないで。みさきはおどろいて、鶴たちのあとをおいかけようとした。でもだれかがみさきのからだをかかえてひきとめている。

「みさき、あぶないよ」

おじいちゃんだった。

気がつくと、みさきはいつもの浜の波打ち際にいた。あの赤くて長い橋はいつのまにかなくなっていた。

「おじいちゃん、鶴が、鶴が」

みさきは泣きじゃくった。

「鶴ならここにある」

おじいちゃんは赤いうるしの箸箱をみさきにわたした。

「あけてごらん。お母さんのかたみだ」

ふたをあけると中には赤いきれいな塗り箸がはいっていた。塗り箸にはふしぎなかたちの折り鶴がかかれてあった。

お母さんの折り鶴だ。みさきは思った。

『赤い塗りばしと折り鶴』は
一般財団法人グリムの里いしばし主催
第十三回グリム童話賞一般の部優秀賞受賞作
同法人より許可をいただいて収録しました

みわちゃんがおしえてくれたこと

みわちゃんがおしえてくれたこと

みわちゃんはぼくのいもうと。
病気でねたきりなんだ。
学校にもあんまり行っていないし、お話もできない。
だけど、ちっともかわいそうなんかじゃないんだよ。
みわちゃんにはできることがいっぱいあるから。

みわちゃんはぼくと目があうと、ちょっとだけわらったようなかおになる。

ぼくもまねしてちょっとだけわらう。
それだけのことなのに、なんだかちょっとたのしくなる。
みわちゃんはきっと、目でお話ができるんだ。

みわちゃんはいつも空をみている。
ベッドのよこの大きなまどから。
青い空に白い雲がきもちよさそうにうかんでいるのを。
どんよりした灰色のくもり空を。
雨や雪がふってくる空を。
おかあさんがときどきまどをあけると、みわちゃんは鼻をひくひくさせる。
何のにおいがするのかな。
風がふくと、みわちゃんは手足をばたばたさせて、
からだぜんぶで風とお話するんだ。

みわちゃんとぼく。できることがちがう。

ぼくはじぶんができることをかんがえる。
ぼくができること。走ったり、歩いたりすること。
じぶんでごはんをたべること。大きな声で歌を歌うこと。

みわちゃんができること。それはとってもすてき。
ぼくができること。それだってとってもすてき。

いやなことがあると、ぼくはじぶんのできることをかぞえてみる。
ひとつひとつかぞえながら
やってみる。
そしたらすこし元気になるんだ。

ぼくにもできることがいっぱいある。

みわちゃんがぼくにそっとおしえてくれたこと。

そうじ当番と居残り

冬馬はためいきをついた。今かよっている野町小学校が来年の三月でなくなると先生がいったからだ。子供の数がだんだん少なくなったので、となりの町の弥生小学校とガッペイして新しい小学校になるそうだ。

野町小学校は創立百年以上の古い学校だ。冬馬のお母さんもおばあちゃんもこの学校を卒業した。だから、お母さんもおばあちゃんも冬馬の小学校の校歌が歌えるのだ。冬馬はそれがなんとなくうれしかった。

野町小学校の校歌は室生犀星という有名な詩人の先生が作ったそうだ。その室生犀星も野町小学校を卒業したのだと、おばあちゃんがおしえてくれた。少しむずかしい歌詞で三年生の冬馬にはよくわからなかったが、冬馬はこの校歌が好きだった。でも、学校が新しくなると校歌も新しくなると先生がいっていた。そしたら今の校歌はどうなるのだろう。学校といっしょになくなってしまうのかな。そう考えると冬馬はなんだかさびしかった。

　ある日の放課後、冬馬は教室のそうじ当番で、ぞうきんで机をふいていた。前の時間は習字だったので、あちこちに墨が飛び散ってなかなかとれず、下をむいていっしょうけんめいぞうきんでこすっていた。

　そしてやっととれたと思って顔をあげると、目の前に知らない男の子が立っていた。男の子は冬馬と同じくらいの年ごろで、着物を着ていて、こわい顔をして窓の外をにらんでいた。よく見ると教室のようすもなんだかいつもとちがう。かべも窓のわくも木でできていて、テレビドラマで見るむかしの学校のようだった。

「きみはだれ？」

　冬馬は男の子に声をかけた。

　男の子はおどろいたようすだったが、冬馬が子供だとわかると安心したように答えた。

「ぼくは室生照道」

「え？」

冬馬はおどろいた。室生照道というのは室生犀星の本名だと、社会科の郷土の偉人で習ったばかりだ。

「ねえ、今は西暦何年？」

冬馬は男の子にきいてみた。

「一八九八年」

男の子は、へんなことをきくなあというような顔をして答えた。

ここは百年以上前の野町小学校か。でもどうしてだろう。夢でもみているのかな。そんなことを考えていると、今度は男の子がきいてきた。

「きみはだれ？」

「ぼくは白石冬馬。よくわからないけれど、未来から来たみたいなんだ」

「みらい？」

男の子はふしぎそうな顔をした。

「うん。二〇一三年から」

冬馬がそう答えると男の子はしげしげと冬馬を見た。

「ねえ、さっきから気になっているんだけど、ここで何をしているの？　窓の外に何かあるの？」

冬馬はたずねた。

「何もないよ。ただ屋根の瓦を数えているんだ。先生に居残りだっていわれて、じっとしていてもやることがないから」

「居残りって、何か悪いことしたの？」

「何もしてない。ぼくが悪くなくてもぼくのせいにするんだ。いつもいつもそう。あの先生ぼくのことをきらいなんだ」

男の子はそういってまた窓の外をにらみつけた。

「きみは何もいわないの？　友だちは？」

冬馬はたずねた。

「いってもむだだよ。だれもたすけてくれない。こんな学校大きらいだ」

男の子はこぶしをぎゅっとにぎりしめた。

「そうか、きみは野町小学校がきらいなんだ」

冬馬はなんだかかなしかった。

「でも、きみはおとなになったらこの学校の校歌を作るんだよ」冬馬はいった。

「校歌？　ぼくが？」

男の子はおどろいて目をみはった。

「うん。きみの作った校歌はもう六〇年もずっと歌われているんだって先生がいってた。ぼくのおばあちゃんもお母さんも同じ校歌を歌えるんだよ」

冬馬はそれからちょっと考えて、学校がなくなることと校歌がなくなることはいわないでおこうときめた。

「ぼくは今こんなに学校がきらいなのに、どうしておとなになって校歌なんか作るんだろう？」

男の子はいった。冬馬はしばらく考えた。でもわからなかった。

「おとなになってみないとわからないよ」

「おとなってへんだ」

男の子はこわい顔をしていった。

「でもぼくはきみがおとなになって作った校歌が好きだよ」

冬馬は校歌を歌い始めた。歌い終わってあたりを見回すと、そこはいつもの冬馬の教室だった。男の子もいなくなっていた。

「どうしたの？　急に校歌なんか歌って」

クラスの友だちが声をかける。

「なんでもないよ」

冬馬はそういってそうじの続きをはじめた。あの男の子はどんなおとなになるのだろう。ぼくはどんなおとなになるのだろう。それはわからないけれど、学校がなくなっても大好きなこの校歌はわすれないでおこうと冬馬は思った。

スタートライン

　またお見合いがだめになった、と、早苗がぐちをいいに来る。

　養護学校時代の先輩で親友だった早苗は、いま私とは別の施設にいて、時々こうして遊びに来ている。かわいい顔をしているので結構もてるらしい。

「でも、施設の男じゃ生活していけないしね。それに」

といいかけて早苗はおいてあったスナック菓子を目ざとく見つけ、食べていい？　といってガサゴソやりながら続けた。

「それに私、典子みたいな純愛路線って苦手なの。っていうか、人を好きになるってことがよくわからない。この人いいな、って思ってもすぐいやなところがみえてくるの。だから、えいっ、って気合い入れて一気に決めたいのよね。うーん、健常者には一応あこがれるけど、でも、一人で何でも出来る人と結婚するのって、ちょっとこわいと思わない？　途中で放り出されたら終わりだもんね。私はやっぱり生活力のある障害者の男と堅実にお見合いして結婚したい。そしてだんなさんの出来ないところをカバーしながら暮らしていくの。それも一つの自立の手段だと思うのよ」

だそうである。

玉の輿を狙ったりして、結婚と恋愛をシビアにわけて考える女の子が多いという今の時代、こんな早苗の考え方は普通っぽいのかな、と思う。しかしなかなか、えいっ、とは簡単にいかないらしく、それも早苗の方が、あーのこーのと考えて結局断るケースが多いのだ。

天気のいい日曜日の寮はがらんとしていて、普段は狭いと感じているこの四人部屋にも、ゆったりと時間が流れているようだった。

「私って、見かけ倒しなのよね」

早苗が食べかけのスナック菓子の袋を抱えてため息をついた。

「私、上半身は普通に動くし、こうやって座っていれば、障害、わからないでしょう？何でも出来そうに見えるのよね。でも実際、腰はきかないし、手にも少し緊張があるし、出来ないことがいっぱいあるのよ。だから、一般雇用の困難な重度障害者、なんじゃない。あんまりうれしい顔して期待なんかしないでほしいわ」

早苗はスナック菓子をつまんで口にほうりこむ。

「典子はいいな。まるのまんま見たまんまの障害者、だもんね」

と、本当に羨ましそうにしみじみいうから、参ってしまう。私は、おまえなー、といいながら、ここは笑っちゃうしかない。でも、早苗のそういうところが私はなんとなく好きだ。早く、えいっ、と結婚して幸せになれるといいね、と思った。

早苗の考え方には、一応、理があると思う。でも、それは早苗だから理があるのだ。自分の身の上をなんとかするために結婚するっていうのは、私にはやっぱり不謹慎なことに思えてならない。本当に純粋に好きだから、いっしょにいたいから、だから結婚、っていうのが本当の形だと、私はやっぱり思う。こういうと、早苗は決まって、

「また、典子の恋愛至上主義がはじまった」

などと、笑い転げるけど。

でも、そういう早苗って結婚してからだんなさんと強烈な恋愛をしそうなタイプだと、私はにらんでいる。


その絵の前で、私はしばらく動けなかった。

絵をやっている友人の暢子に誘われてなんとなく覗いた二科展の地方展。画廊特有のしんとした透明な空間の中で意識を泳がせながら、しばらく歩いて、私は一枚の絵から吹いてくる風のようなものを感じて、立ちどまった。

「すごい絵でしょう?」

横で暢子が話しかけてくる。

「何がどうすごいのかよくわからないけれど、存在感っていうのか、パワーっていうか、とにかくすごい。この絵のところだけ時空が曲がっちゃうんじゃないかしら」

「孵化」と題されたその絵は、ちょっと見には単なる一本の枯木の絵だったが、通り一遍の見方で素通りできないような、気配、のようなものがあった。絵の中の枯木に生気があるのだ。見つめていると、木が大地から水を吸い上げているのがわかる。今にも芽を出そうとしているエネルギーの渦が見えてくる。

本物の生の木にはエネルギーを発散する空間がある。生命は自然の中で文字どおり自然に存在する。それが絵という平面の世界でそのエネルギーを保ったまま存在しているのである。発散する空間がないぶん生命が際立つ。これは作者自身の生命なのだろうか。

私は少なくとも二十分ぐらい、その絵の前で、そのつかみどころのない生命の気配を感じていた。

暢子のアトリエは自宅のビルの屋上にあった。家がかなり裕福で、一人っ子の暢子は、美大を出てから就職しないで絵を続けている。

「親が働かせてくれないからね。絵は道楽みたいなもんよ。二十五歳にして隠居生活。あーあ、おじんみたいね」

絵の具だらけのジーンズの上下に無造作に束ねた髪。お嬢様スタイルにはほど遠い恰好の暢子が、アトリエの床にひざを抱えてそういった。

言葉のわりには、目がキラキラしている。

暢子と知り合ったのは、考えてみれば、養護学校時代だった。彼女は中一の時、腰の骨が少し変形しているとかで手術を受けて、リハビリのために養護学校の私のクラスに編入してきて半年ほどいた。外見的な障害はほとんど残っていない。

「あの絵、よっぽどショックだったみたいね。作者紹介しようか？」

と、暢子はいった。

「うん、やめとく。イメージこわれるのこわい。それより、私も絵描いてみたいな」

「よしよし、やっとその気になってきた。日曜日の昼間だったら私家にいないから、このアトリエ使っていいよ。最低必要な絵の具と道具くらい教えるけど、あとはチンタラ教えない。本を読むなり、自分で勉強すること。典子は私のライバルなんだからね」

「ちょっと、いつもいってるけど、美大出のセミプロと一緒にしないでくれる？　こっちはずぶの素人なのよ」

暢子はいつもなぜか私をライバルにしたがる。

「こっちもいつもいってるけど、技術は努力すればそれなりに身につくけど、感性とかは、もう、絶対無理なのよ。典子には何か独特の感性があるの。まあ、とにかく思うとおりにやってみなよ」

暢子はそういってアトリエの合鍵を渡してくれた。ライバルにされるのはなんだか変な感じだったけれど、絵を描きたいというのは本当だったので、私は暢子の好意に甘えることにした。

「お前って、結婚の話になると不機嫌になるね」

映画の帰り、車の中で運転席の圭介が前を向いたままいった。

「そう？」私は曖昧に答えていた。

圭介の言葉の端から彼の気持ちをあれこれ考えていたころは、ドキドキして楽しかったけれど、彼の口から結婚という言葉がはっきり出てくるようになって、気が重くなってきたのは確かだった。

同じ施設で仕事をしながらコンピューターのプログラマーの勉強をしていた圭介は、半年ほど前、施設を出て、コンピューター関係の会社に委託されて、自宅でプログラムの仕事をしていた。うまくやりくりすれば結婚して生活できるだけの収入はあった。

私は以前少ししんどい恋愛をしたことがある。もうこだわっていないつもりだったが、少し慎重になっているのかもしれない。

しかし、それとは別に圭介との間で思いがすれちがうのを感じていた。

圭介が結婚を考える前提には生活に対する自信がある。それは必要なもので、圭介はとても努力してそれを手に入れた。それはわかる。でも、それを結婚する資格みたいに思っているようで、なんだかいやだった。

世の中とうまく対応できる人だけが、おおっぴらに人を好きになることが許されるということ、圭介がそんなふうに考えているようだということが、悲しかった。

「しばらく、日曜日は会えないわ。友達のアトリエ貸してもらって絵を描くの」

「日曜日に会えないいんならいつ会えるんだよ。お前、ほかの日は仕事だろ？」

私が絵を描くことに興味もないのね。私たち、なぜ会っているのかしら。

考えだすと限りなく悪いほうへ考えそうで、私は助手席のリクライニングシートを倒して目を閉じた。

「おい、典子、もう着くぞ。寝るなよ」

すぐ隣にいるはずの圭介の声がどこか遠かった。車が施設の寮へ向かう曲がりくねった道を走っているのがわかった。


指が気持ちのいい速さでキーボードを弾いている。四ケタの品コードと枚数がCRT画面に打ち込まれる。指が思うように動かない日は、肩から腕ごと動かしてやっと打つという悲惨なときもあるが、今日は調子がいい。

仕事場の隅で在庫管理用のコンピューターに今日仕上がった製品の数を打ち込んでいく。授産施設というのは、障害に合わせた設備や工夫、それに、仕事を与えられているという、特殊な感じを除けばきわめて普通の生産活動をしている。

この施設では比較的障害の重度な私の仕事は検品とか計算とか、細かい仕事が多い。やっていて楽しい仕事だから私にあっているのかもしれないと思う。

小さな枠の中でひとつの仕事に執着し過ぎるのは大人げない気もする。ひとつのことができるかできないかを比べて、できないよりできるほうが幸せだとは、思わない。けれど、どんな形でもどんなささいなことでも世の中にできることがあるというのは、いいことだと思う。

　ふと、圭介のことを考える。彼は、仕事に対してどんな思いがあるんだろう？

　データの入力が終わり、今日の生産高と製品の出荷のための在庫表のプリントアウトが始まる。プリンターが発する機械音の中で、私はなんとなく照れたような圭介の顔を思い出してみた。


　暢子の家は繁華街から少しはずれた一角にある。六階建てのビルで、一階から三階と六階が貸し事務所になっていて、四階五階が住居だった。管理人さんに断ってエレベーターで屋上まで上がる。

　絵の関係の会合とかで暢子は日曜日はほとんど外に出ている。家族もそれぞれ家にいないことが多いらしい。貸し事務所も休みのようで、ビル全体がしんと静まり返っていた。

　屋上の重い扉を開けていったん外に出て、すぐ横に、あとから建てたらしい簡単な木造のアトリエがある。鍵を開けて中に入ると、ふわっと、絵の具の匂いがした。

　真ん中のテーブルに書き置きがあった。

「典子へ

よくきた、よくきた、いらっしゃい。ちょっと過保護かな、とは思ったけど、キャンバス、いくつか用意しました。典子の細腕じゃ大きなキャンバスここまで運ぶの大変だもんね。どれでも使っていいよ。

じゃ、期待してるからね。

プレッシャーの好きな友人」

読みながら、思わずにんまりしてしまう。

新しい、大きさの違うキャンバスが何枚か、テーブルの横に立てかけてある。その中から中ぐらいのものを選んで、イーゼルにかけてみる。

絵の具や画用液や筆などはひと通り買いそろえて持ってきた。本も二、三冊買い込んで、施設から支給される一ヶ月分の作業工賃の大半がなくなった。自分でも気合いが入っていると思う。

真っ白なキャンバスをじっと見る。何を描きたいのか、まだわからない。あの、やたらに生気を帯びた「枯木」の絵は不思議に思い出せなくて、なぜかほっとする。あの絵は私の中で変幻自在のエネルギーの塊なのかもしれない。今はとにかくこの、白い四角いスペースが、なんだかうれしかった。

暢子に「ありがとう」と書き置きをして、道具をじゃまにならないように隅のほうにしまって、私はアトリエをでた。

　しばらく音沙汰がなかった早苗から電話があった。

「どこへいってたの？　昼間電話したんだけど。デート？　相変わらず純愛してるんだ」

「うん。デートといえばデート、純愛といえば純愛、かな。早苗は？　相変わらずお見合いしてるの？」

「うん、これといって進展なし。すごく強引な男にちょっとひっかかっているけどね。ひどいのよ、いきなり電話かけてきて、あした迎えにいくからな、ガチャン、だもんね。断る暇も何もあったもんじゃないわよ。んーと、なんていったかな、あんたはあーのこーのいっても大事なことは最後にはちゃんと自分で決められる人だから、俺は安心して自分の気持ちをぶつけられるんだ、とかなんとかわけのわかんないことをいうのよ」

「ふうーん」

「なによ、その長い相槌」

「わりと骨のありそうなおもしろい人だな、と思って。はじめてじゃない？　そういうタイプ」

「まあね。私は経済力があって私を買いかぶらないやつならだれだっていいけどね」

「とにかくがんばってみなよ。今回のそれって、結構おもしろそうだから」

「典子がおもしろがってどうすんのよ。人のことだと思って」

「だって、人のことだもの」

電話口で笑いながら、早苗は近いうちにお見合いを卒業するな、と、私は思った。

仕事場へ向かう廊下の、窓際の花瓶にさしてある水仙が、いい感じだったので、描いてみたくなった。
絵を描こうと思い始めてから、時間があるとスケッチブックに鉛筆や木炭を走らせていた。目の前にあるものだったり、頭に浮かんだものだったり、いろいろ描き散らしている。
学校の美術の時間によく水彩画を描かされたが、デッサンで気に入ったものが描けたと思っても、絵の具を使う段になると、はみ出したり、色が混ざりあったりして、まともな絵を描いたことがなかった、
油絵なら描けるかもしれないと思ったのは、最初に暢子の家に遊びにいったとき

だった。油彩の絵の具は水彩と違って滲まないので扱いやすそうだし、失敗してもあとで修正できる。ただ、描く場所とか、道具とか、薬品とか、この仰々しさがなければなあ、と思っていた。家や寮の狭い部屋ではとてもできそうにない。

すっとまっすぐな葉の深緑に、花びらのみずみずしい白。花瓶の水仙はどこか颯爽としている。植物はいつも命を主張する。

残り少ない昼休み、時計を気にしながら、私はスケッチブックの上で鉛筆を走らせた。

しばらく会えない、といってから、毎週のように日曜日の夜、圭介から電話があった。別に何を話すというのでもなく、元気か、に始まり、仕事のこと、委託されている会社のことなんかをとりとめもなく話して切るのである。

電話というものの威力だろうか、会っているときには気になってしかたがなかった圭介の傲慢さみたいなものを通り抜けて、思いの強さだけが伝わってくる。時々、話が途切れて黙りこむこともあったが、不思議に気にならなかった。電話回線でつながっているだけで満足できる、そんな感じがなんだか心地よかった。

暢子のアトリエの隅でジーンズの上下に着替えてキャンバスに向かう。今日は始めようと思う。

毎週日曜日にここへ通い始めてからもう一ヶ月になる。キャンパスはまだ白いままだった。今までここで何をしていたかといえば、油絵の手引書を読んだり、スケッチブックにデッサンの練習をしたり、白いままのキャンパスをただボケーッと眺めていたのである。やっと描きたいものが見えてきた。

スケッチブックを広げて水仙のところを開く。昼休み、十分たらずで描いたスケッチだった。ほかにもいろいろ描いてみたが、これが一番いい。

しばらくキャンバスを見つめてイメージを浮かべてから、木炭でデッサンする。布でふき取りながら何回も描きなおす。

それから、グリーン系の絵の具で下塗りをする。だいたいの輪郭をとってから、同系色の濃淡で全体の感じが出るように色を置いていくのである。

絵を描くという作業は、創作というより、何かを確かめるという感じだと思った。私の中のイメージがだんだん掘り起こされていく。花びらの淡いグリーンがキャンバスの画面の中で浮き立つ。

油絵の第一段階の下塗りを終えて、ひと息つく。ずっとキャンバスと筆先に神経を集中させていたので、作業をやめるとどっと疲れた。

　腰かけていた椅子の背にもたれて、私はボーっとしていた。このごろいつも疲れたときには決まって圭介のことが頭に浮かぶ。なぜだろう、とか、ややこしいことは考える気もしないので、浮かぶままにしておいた。心地よい疲れだと思った。

　今日はここまでということにして、二十分ぐらいぼんやりした後、体を起して筆を洗い、道具を片づけた。キャンパスがある程度乾くのを待ってイーゼルからはずす。

　着替えて外に出ると、もう日が沈みかけていた。風の中に初夏の、ちょっと甘いような匂いがした。

　アトリエを出て帰ろうとしたとき、暢子が帰ってきた。コーヒーでも飲まない？　と誘われて暢子の部屋にはいる。

「二十五っていうと、普通、適齢期でしょ？　お見合いとか、迫られない？」

と、暢子に聞いてみた。なんとなく、今日はそんな話がしたかった。

　モノトーンで統一されたその部屋は理知的で落ち着いた感じの部屋だったが、ベッドの脇にいくつかのアンティークドールが、そこだけまだ夢見ているように飾られていて、暢子らしいと思った。

「うちの親って変わってるの」

コーヒーサイフォンを運びながら暢子がいった。

「親って子供に何事もない平穏な人生を望むものよね、普通。典子のいうようにお見合なんかさせたがったり、うちは一人っ子だからお婿さんもらうのに大変だったはずなんだけど、でも、うちはちがうの」

話しながら暢子は、フラスコに水を入れ、アルコールランプに火をつける。

「世離れしているっていえばおおげさだけど、根っからのんきっていうか、おおらかっていうか、奔放なのね。私のことも『お前はおもしろい子だから普通に育てるのはつまらない』とか、『あんたは過保護にめげないいい根性してる』とか、楽しそうにいうの。一度、冗談で見合いしてみたいっていったことあるけど、『見合いなんかする暇があったらいい恋愛をしなさい』なんていって、若いころの話たっぷり聞かされたわ。娘をなんだと思っているのかしら、と思うこともあるけど、本当はすごい親なんじゃないかと、このごろ思う」

フラスコで沸騰したお湯がゴボゴボいいながらロートの中へ上がりきる。コーヒーの香りがふわっと部屋いっぱいに広がる。

アルコールランプの火を消して、暢子は白いカップにいれたばかりのコーヒーを注ぐ。砂糖いくつ？　といってスプーンを動かしながら暢子は続けた。

「結婚は当分ないよ。まずは相手あってのことだしね。ちょっと前まではやたらと情熱にかられて恋愛したり、女であることにすごく反抗したりしてたけど、いまやっと落ち着いたって感じ。こうして落ち着いてみると、女って、女であることって、だんだんおもしろくなってくるのよね。しばらくひとりでいるわ。ひとりの男と自然にいい関係になるまでね。絵もあるし。白状すると、本当はこれで生計を立てていきたいんだ。でも、まだまだ青二才でさ、そんなたいそうなこととてもいえないからね、すねっかじりの甘ちゃんで通してる。親と暮らすのも結構おもしろいしね。でもいつかは、額に汗して描いた絵を売ったお金でお米を買って、そのご飯を食べてまた絵を描く、っていう、労働者の生活をしたいと思うのよ。絵を描くって、インテリみたいに見えるけど、本当は肉体労働なのよ」

カップをゆっくり傾けながらコーヒーを飲む暢子が、なんだかきれいに見えた。

コーヒーを飲みながらしばらく絵の話をして、帰ろうとしたとき、暢子がふいに、

「典子、今恋愛してる?」といった。

あまりに唐突だったので、どきっとした。圭介の顔が浮かぶ。それがなんとなくいい感じで、私はうなずいた。

「うん、いい傾向だ」暢子がいった。

何がいい傾向なんだろう、と、一瞬考えたが、暢子の笑顔はやたらと説得力があって、私はなんだか納得して部屋を出た。

「ふうん。背筋をのばして颯爽と歩くキャリアウーマンって感じね」

もう八割方描き上がった私の、「水仙」の絵を見て、暢子がいった。展覧会の準備とかで出かけていた暢子は、置き忘れた書類を取りにアトリエに戻ってきたのだった。

「人物画みたいな、不思議な存在感があるんだ・・・。あ、ごめん。まだイメージ限定させちゃいけないわね。でもほんと、期待してるよ」

そういって、暢子は出ていった。

葉の線をはっきりさせて、バックの色を整え、厚くならないように注意しながら花びらを重ね塗りしていく。自分の筆のタッチがだんだん好きになる。

絵を描くという過程の中で、いろんなことを考えていたような気がする。いろんなことを整理して、不要なものを削って削って削り尽くして、本当の自分を見る。そんな作業を無意識にやっていたような気がする。

キャンバスに手をつけてから二ヶ月、少なくとも来週には仕上がりそうだ。なんだか、今まで体内で大事に育ててきたものを体外へ産み落とすような、充実感と一種の寂しさみたいなのを感じる。

いつまでも暢子には甘えていられないし（彼女には仕事なのだ）、こんなことはそうそうできないと思う。絵を続けることは難しいとしても、今はキャンバスの中に見えてくる自分を思いっきり華やかに完成させようと思った。


「私、結婚するの」

少し照れながら、しかし、きっぱりした声で早苗がいった。

三ヶ月ぶりの電話だった。予想はしていたが、やはり驚いた。

「例の強引な男と？」

と一応聞いてみる。

「まあね。押し負けってとこかな」

「ふうん」

でも、相手が押してくればくるほど反抗したくなる、彼女のひねくれた性格を私はよーく知っている。

「毎日のように電話をかけてきていた相手が、突然、休戦を宣言してきたの。一ヶ月ほどひとりになって俺との結婚本気で考えてくれないかっていうの。それでどうしてもいやだったらきっぱりあきらめるってね。私、本当は八割方断るつもりでいたんだ。収入も安定しているし、今までの男みたいに私を買いかぶっているところもないし、条件としては悪くなかったけど、ちょっとストレートすぎるっていうか、あの激しさにはついていけないなって思ったのね。私も結構まともに考えていたのよ。でも、ある日突然、まあいいかな、って思ったの。妥協とかじゃなくて、自然に、あいつと暮らしてもいいかな、って。自分でも不思議だったわ。それからとんとんとんと話が進んじゃって、式は来年の春。秋には施設を出て家で花嫁修業。なんかおかしいわね」

そういって早苗は少し笑い、軽く息をついて、続けた。

「結婚てさ、やっぱりシビアに条件と条件のぶつかりあいなのよ。典子のいう恋とか愛情とかも含めてね。私たちって、障害という絶対条件があるわけよ。だからハンパなところで妥協しちゃいけないの。そういう愛情も含めた条件がしっかりきっちり噛み合っていないといけないのよ。私ね、今度の縁談、相手があいつでよかったと思う。これだけ条件がよくてさ、あいつがあたりさわりのない普通の男だったら、もっと早く決めてたと思うの。でも、きっといつまでも心がフラフラして落ち着かなかったと思うんだ。あいつだったから、最後のところで自分の気持ち確かめられたんじゃないかって、そんな気がする。私、望みどおりの堅実な結婚選んだつもりだけどね、それ以上になんだかすごく納得してるの」

「それって結局、のろけ？」

「そうよ。わかる？」

「なによ、ぬけぬけと。でも、早苗が結婚か」

「典子」

「うん？」

「恋愛もハンパじゃだめだよ」

「うん」

なんだかしみじみした気持ちで、私はうなずいた。


冷房のきいた静かな画廊から出ると、夏の街ははじけそうにカラフルだった。

私たちは車の置いてある駐車場へ向かってゆっくりと歩き出した。さっきからずっと圭介が黙り込んでいるのが、私は少し気になっていた。

圭介と会うのは四ヶ月ぶりだろうか。暢子に勧められて展覧会に出品した「水仙」の絵が入選して、その展覧会に圭介を誘ったのだった。

私の絵を圭介は黙ってじっと見ていた。ほかの誰に見られても何も感じなかったが、圭介に見られるのは、なんだか裸を見られているようで、恥ずかしかった。

「俺、男だからさ、好きな女ぐらい守ってやれないといけないと思ってた」

松葉づえを運ぶ速度を少しゆるめながら、圭介がぽつんといった。

「こんなこと、今でも典子にはあんまり聞かせたくないけど、結構大変だったんだ、施設を出て食べていけるようになるまで。やっぱりだめかな、と何度も思った。でも、なんとかここまでやってきて、これで典子のこと守っていけるかな、と思ってた。でも、ちがうんだよな」

アイスクリームをもった小さな男の子がこちらを振り返る。

「この四ヶ月いろんなことを考えてた。仕事ができて収入があって、この状態でしか女を守れない男っていったいなんだろう、と思った。俺の今のこの状態なんてさ、考えてみると、いつどうなるかわからない、どこかがちょっとこければ全部くずれてしまうような、あやういものなんだよな」

女の子たちがおしゃべりをしながら、さざ波のように通り過ぎていく。

「これから先、どんな状態になっても、たとえ寝たきりになっても、俺、典子のこと守ってられるかなって、ずっと考えてた。どんな状態でも絶対途方にくれないで、その状態で一生懸命生きて好きな女を愛し続ける。そういうのが本当の男の甲斐性ってもんじゃないかって、そんな気がするんだ」

横断歩道で、私たちは立ちどまった。信号は青だったが、間に合いそうにもないので、次の青まで待つ。

白いストライプの上をいろんな人たちが往来する。

「一緒に歩いてほしい」

青信号が点滅して赤に変わったとき、圭介がいった。

「幸せにできるかどうか、自信はないけれど、どんな状態になっても、典子を守るっていう気合だけはもてる。なんだかたよりない言い方だけどな」

ぽつりぽつりと話す圭介の言葉は確かな重さで私の心に響いた。彼と歩く人生がだんだん現実感をともなってくる。

並んで立っている圭介の、松葉づえをついた広い肩を眺めながら、私は自分に向かってうなずいた。

信号が青に変わる。

またいろんな人たちが渡り始める。いろんな人生たちにまじって、私たちの恋も歩き始める。

横断歩道のくっきりしたストライプの上を、風が光っていくのが見えた。

雪釣り

今日は朝からまったく釣れない。

きたか、と思って竿を引いても魚の姿はどこにもなく、きれいに餌だけがなくなっている。まるで釣りを始めて日の浅い初心者の俺をからかうように。

しかたなく、また針に餌をつける。バケツは空のままだ。

まあいい。どうせ釣ること自体よりも、待つという時間を楽しみにきたのだ。気長にやろう。

冷えてきたので、ポットを取り出して熱いコーヒーを飲む。

ここには初めて来た。思ったより小さい川だが、情報によると意外と釣れるという話だ。土手に沿って雑木林が続いている。

それにしても隣の男、さっきからぶつぶつ、ひとり言ばかりいっている。俺が来る前からずっとそこにいる男だ。

耳当てつきの帽子を目深にかぶり、一応釣り糸をたれてはいるが、こちらもいっこうに釣れる気配がない。それどころか、魚を釣ることにほとんど興味もないみたいだ。しきりに何かしゃべっている。何をいっているのかさっぱり聞き取れないが、こわれたラジオの雑音のようにざわざわと耳障りだ。ほんとうに妙な男である。

世の中は妙な人間であふれかえっている。

そういえば今度の取引先の河野というおやじもそうとう変わっている。やたらとにぎやかなおやじで、初対面だというのに、

「よう、若いの、がんばれよ」

などといって、いきなり肩を叩いてくる。

かと思うと、突然苦虫を噛み潰した顔で黙り込むこともある。それもべつになんでもないときに。

最初はどこか体の具合が悪いのかと思ったが、どうやらそうでもないらしい。この男の癖みたいなもののようだ。

営業の仕事は嫌いではない。人と話をするのはわりと好きだし、自分には合ってい

ると思う。神経を使うこともあるが、退屈なデスクワークより外回りのほうが気分もいい。成績もそんなに悪くないほうだ。それなりにやりがいも感じている。体もいたって健康だ。

なのに、どういうわけだろう。なんだかこのごろひどく疲れる。というか、体のどこかがやけに重たい感じがするのだ。それ以外は食欲もあるし、疲れ自体はすぐに回復するから別にどうということはない。まあ、たいしたこともないだろう。

時計に目をやる。

朝、釣りを始めてからどれくらいたっただろうか。魚は相変わらず釣れず、隣の男は相変わらずまだ何かぶつぶついっている。

昔読んだマンガで、叫んだ言葉が文字の形をした石になり、何十キロも離れた奴の頭にあたる、というのがあった。叫ぶだけで憎たらしい奴をやっつけることができるのは痛快だったが、口にする言葉がいちいち形になって残るなんて、なんだか面倒くさいなあと思ったものだ。

言葉が物体になるとしたら、隣の男が生み出す雑音はどんなものになるのだろうか。少なくとも石ではない。もっと小さくて軽い質の、チリか埃のようなものだろうか。

隣の男は、誰にも届くことのない言葉のチリを黙々と降り積もらせているようだった。

それにしても寒い。魚もいっこうに釣れない。

さっきから当たりさえ来なくなった。場所を変えようか。それとも釣りなどやめて帰ってしまおうか。帰っても特にすることもないが、こんな寒いところで変な男の、わけのわからない雑音のようなひとり言を聞かされるよりは、暖房のきいたあたたかい部屋で、テレビでも見ていたほうがはるかにましである。

向こう岸の木立から黒っぽい鳥が二羽飛び立った。木々は落とすだけの葉をすっかり落として、見ているだけで寒さを倍に感じさせる。そろそろ白いものが降るころだ。

浮きが、動いた。

当たりか、と思った瞬間、ものすごい勢いで釣り糸が水中に引き込まれる。

カラカラと音を立ててリールが回りだし、竿が大きくしなる。

あわててリールをとめ、糸を巻き戻そうとするが、魚の力が強く、竿をもっていかれないようにするのがやっと。

まったくすごい力だ。どんな魚がかかったのだろう。

こんなちっぽけな川に、そんな大物が果たしているのだろうか。

手がしびれてきた。このままでは竿も折れてしまう。

一か八か、俺は渾身の力を込めて竿を引き上げた。歯を食いしばり仁王立ちになり、俺は見えない大物と格闘した。

どれくらい奮闘しただろうか。

あたりが、すっと暗くなったかと思うと、突然、糸を引く力が消えた。あんなにすごい力で引いていたのにそれがうそのようにふっと消えた。

反動で俺は尻餅をついた。張りつめていた糸が緩み、餌をつけたままの釣り針が飛んできて、危うく顔に当たるところだった。

いったい何が起こったのだろう。

川面を見渡したが、魚の姿はどこにもない。

遠くで人の声がする。俺は耳を澄ましてみた。

一人や二人の声ではない。

何千何万の群集の、読経のような、呪文のような声。

急に暗くなったあたりに目を凝らす。何も見えない。

声は少しずつ近づいてくるようだ。

ふと見ると、今まで隣に座っていた男が立ち上がっている。顔をあげ、声のするほうをじっと見ている。

ひとり言はまだ続いていた。よく聞いてみると、群衆の声は男のひとり言に呼応しているのがわかった。

声は、俺の周りにいるさまざまな人間の顔を思い出させた。さまざまな人間の声に聞こえた。

親しい友人や家族、きのう道ですれ違った老人までが、呪文のように何かをつぶやきながら近づいてくるようだった。聞いているうちに、だんだん気が遠くなるのを覚えた。

声はしだいに大きくなって、波のようにうねりながら近づいてくる。

俺はいつしか目を閉じて眠り込んでしまったようだ。意識がなくなる直前、ふわふわと空に舞う白いものを見たような気がした。

☆　☆　☆

なんだか妙な夢を見たような気がする。しかし内容がどうしても思い出せない。ひどく疲れたような、逆に楽になったような、変な気分である。

ベッドから起き上がり、時計を見る。そうだ。今日は釣りをしようと思っていたのだった。

顔を洗い、歯を磨く。鏡に映った自分の顔に違和感を感じた。何だろう。

テレビのスイッチを入れる。画面が真っ白だ。それが積もった雪だとわかるまで数秒かかる。

北海道か東北の映像だと思っていたが、どうやら東京らしい。一晩で一メートル二十センチの積雪。

レポーターは顔を赤くして、マンモス都市の大混乱を伝えていた。

カーテンを引くと、街は雪に埋もれていた。空は晴れて、雪の白さが目に痛い。

再びテレビに目をやると、研究者らしい顔が映った。この異常な大雪は東京地方だけの局地的なものらしく、しかも周辺には雪を降らせるような雲は全くなかったという。

研究者は続けた。

「雪を採取して調べてみたんですが、結晶が変わった形をしているんです。これです。文字みたいでしょ？」

画面に結晶の写真が映る。なるほど、ひらがなの「あ」のようにも見える。隣の結晶はアルファベットの「F」かもしれない。

自然界では絶対にありえないことだと研究者はいい、キャスターは、外出は極力控えるなど充分警戒するよう促した。

テレビはコマーシャルを流し始めた。

窓を開けて桟にこびりついた雪をはがしてみる。これがひとつひとつ文字の形をしているのか。

雪は手の上でみるみる融けていった。

今日は釣りはおあずけか。

窓を閉めようとして空を見ると、晴れた空から雪がきらきら光りながら降ってきた。ほんとうにどこから降ってくるのだろうか。

釣竿の手入れでもしようと玄関に行く。変だ。床が濡れている。竿も最近使った形跡がある。この前釣りに行ったのは一ヶ月も前だ。

バスルームから音がする。行ってみると、バスタブの中に真っ白い巨大な魚が泳いでいた。見たこともない魚だった。

魚は時々体を左右に揺らして妙な動きをした。
そうか。雪を降らせたのはこいつだ。何の根拠もないが、そう思った。
俺はなんだか愉快になって、バスルームを出た。
文字の形をした雪は相変わらずきらきらと降っていた。
俺は釣竿を入念に磨き始めた。

国語の勉強

呆気にとられるとはこういうことをいうのだろうか。わたしは腹が立つというよりもまず驚いてしまった。

「向こうの職員さんに『篠崎さん仕事してますか?』と聞かれて返事に困ったわ」

わたしが前にいた施設の文化祭の出店の打ち合わせから帰って開口一番、奴がいった。しかもにっこり笑って。

「利用者に仕事をさせるのがあんたの仕事でしょ?　もしわたしが仕事をしていないのなら、それは取りも直さずあんたの職務怠慢じゃないの?」と思ったが、もちろんいわない。わたしは言語障害で込み入ったことはしゃべれないのだ。

それにしても、取りも直さず。むかし学校で「取りも直さず」という言葉を使って短文を作れという宿題を出されたことがある。こんなにぴったりな用例はないなと思った。「呆気にとられる」といい「取りも直さず」といい、つくづく国語の勉強をさせてくれる作業所だ。

作業所。そう、ここは就労支援センターという福祉施設。一般就労が難しい障害者に仕事を提供し、自立を支援する通所施設である。

あのときの報復だろうか。しばらく考えて、ふと二、三日前の出来事に思い至った。奴が作ったチラシの漢字の間違いをわたしが見つけてペンで訂正したのだ。黙って机の上に置いておいたら奴が見つけてひとしきり騒いでいた。チラシは配布済みだったらしい。

その腹癒せがこれか。

利用者の間違いを指摘して改めさせるのが職員の仕事で、職員の間違いを利用者が指摘してはいけない。そうか。そういう不文律があったんだ。

奴はいつも「より良いものを作るために」わたしがパソコンで作るチラシにダメだしするので、わたしも明らかな間違いは最低教えてあげないといけないかな、と思っていた。迂闊だった。

不文律。ほら、また難しい言葉が出てきた。

奴はわたしを褒めない。みんなが褒めているときでも決して話に乗ってこない。黙って話が終わるのを待っているか、反論することもある。それは気骨を感じるほどだ。その点については奴を褒めてあげようと思う。こういう人間がわたしのまわりに一人くらいいてもいいかもしれない。

今日も、会社宛てのメールをチェックしていると、奴が後ろから覗きこんで「なに遊んでるの？」と笑いかける。

このアドレスに来るのはほとんどダイレクトメールだが、たまに顧客から来ることもあるので、一応毎日チェックしている。奴がこの部署に来て三ヶ月になるが、まだこのメールボックスを知らないのだ。

わたしは込み入ったことはしゃべれないので、とりあえず遊んでいるということにしておこうと思った。

明日はどんな言葉を学ぶことになるのだろうか。楽しみである。

星のかけら

東京を出たときはあんなに晴れていたのに、盛岡は雪だった。降りしきる雪を払うように静かに列車はホームに滑り込む。

新幹線から東北本線へ、乗り換えの列車を待ちながら、北上するにつれて白い部分が多くなっていく車窓の風景を思い、初めて訪ねる、恋人の生まれた町を思った。

雪が降ると姉を思い出す。

姉が死んだのも雪の日だった。わずか十歳で逝ってしまった姉。

当時五歳だった私の記憶は頼りなくて、前後のことはほとんど思い出せない。ただ、その日たくさん雪が降ったことと、フリルのいっぱいついたピンクのワンピースを着せられて木の箱の中に寝ている姉を見て、お人形みたいだ、と思ったことを覚えている。

死ぬってちっともこわいことじゃないんだよ。みんな星のかけらだから。

病気がちだった姉は、よくベッドの横に私を座らせていろんな話を聞かせてくれた。なかでも星のかけらの話は二人のお気に入りで、何度も何度も繰り返し聞いた。

わたしたちはね、みんなお空のお星さまとおんなじものでできているんだよ。わたしもなおちゃんもおかあさんもおとうさんも、猫のミーもお庭のお花も、地面だっておうちだってみんなおんなじ、地球っていう星のかけらなの。だから、ずっとずーっと遠くから見るとみんな光っているんだよ。ずーっと、お星さまのあるところぐらい遠くから見るとね。ほんとだよ。

幼い私は暗い夜の空に、きらきら光る姉の華奢なからだや、猫のミーや鉢植えのポインセチアや、いろんなものを浮かべてみた。鼻の奥がつーんとするようなへんな気持ちがした。

死ぬっていうのはね、星のかけらの形がほんのちょっと変わるだけなのよ。ただそれだけ。

私が初めて教えられた死は、とてもやさしかった。

青森行きの「はつかり11号」は吹雪の中を走っている。雪の隙間から時折風景らしきものがのぞく以外、窓の外は白一色の世界だった。

駅には修二の兄が迎えに出ているという。修二の故郷の話に必ず出てきた、いかつい顔の兄。兄貴というより親父みたいだ。修二はよくそういっていた。

星のかけらはみんなつながるのよ。

十歳の姉はいう。

だってほら、かけらだから。かけたところはそこにぴったりのちがうかけらが、かならずどこかにあるの。どんな星のかけらだって、かならずべつの星のかけらとつながっているんだよ。

生きている星のかけらと死んだ星のかけらはね、つながりかたがちがうの。形が変わるから。でも、形が変わっても、ちゃんとつながっているんだよ。だから、さびしくないの。

姉はそういって穏やかに笑った。

つまらないことばかり覚えている。

オレンジジュースの銘柄に妙にこだわったこと。何にでもマヨネーズをかけて食べるくせ。ものを食べるときの怒ったような顔。へんだからやめてっていくらいっても、絶対手放さなかった赤い毛糸の帽子。脱いだ靴下のにおいを嗅ぐくせ。うそがばれたときの言い訳のパターン。

たっぷり用意されていたはずの二人の時間に、ぼろぼろこぼしたたあいない会話。携帯の調子が悪くて途中で切れた電話。ずっと聞きそびれている、あのときいおうとしたこと。あとでいうよ。

修二は私とつながっていたのだろうか。今もつながっているのだろうか。

ここ二、三日仕事がつまっていて疲れているといった。朝から風邪気味だった。アパートの非常階段。警察の事情聴取。人とあらそった形跡もなく、自殺する動機も遺書もなく、過労による目まいで平衡感覚を失い、落下したための事故死として処理された。薄っぺらな調書。死の理由。

そういうのは修二に似合わないと思った。

修二はもっとのほほんとしている。修二はもっとずぼらだ。いい加減で全然大したことなくて陽気でうそつきだ。のんきでへんなくせがいっぱいあって、私が笑うとすぐむきになって、まるで子供だった。

ふざけていていつもへらへら笑って、あしたもあさってもあって、ずっとずっと不完全だった。

そういうのは全然、修二じゃないと思った。修二はどこにいるのだろう?

窓の遠景にかすかに山並みが見える。吹雪はようやくおさまりはじめたようだ。粉雪より少し大きな雪片が、列車の速度につられて横になびいている。

星のかけらにも雪が降るのよ。

姉はいった。

星のかけらに降る雪は、『たましい』が眠るための毛布なの。冷たいんだけど、あったかいの。それはね、うちがわに降る雪なの。


少し眠ったら? 青森までまだ時間あるからさ。

隣で修二がいう。

頭のどこかで何かへんだと思う。でも何がへんなのだろう? それより、ひどく眠い。さっきからずっと修二が私の手を握っている。すごくなつかしい感じがする。つきあってまもないころのようだ。

あのな、おまえさあ、兄貴に会ってもあんまり緊張すんなよ。ああいう顔してても わりとぶっちゃけたやつだからさ。たまにさむい冗談もいうけどな。あの顔でいうから無理しなくても笑っちゃうよ。絶対。

修二は手を握りなおす。私は目を閉じたまま、修二の手の感触を確かめる。

それから、おやじとおふくろにも気を使わなくていいから。ふたりとも口下手だから最初はとっつきにくいかもしれないけど、なれてくるといわなくてもいいことまでしゃべるんだ。あ、おれのことは話半分に聞いとけよ。子供のころの話なんてたいていろくでもないことなんだから。

修二は握りしめていた手をちょっとゆるめて、私の指をなぞりはじめる。一本一本ていねいに。いつくしむように。

なあ、笑うかもしんないけどさ、こんなことというの、すんげえ照れくさいけど、おれ、なおに会えてよかったと思ってる。おれ今までなおにさんざんうそついてきたから、全然信用ないだろうけどさ、これはマジで本当。おれだってたまには本当のことをいうときもあるんだぜ。

修二は私の手をふたたび強く握った。

あと十分ほどで青森駅に到着するという車内アナウンスが流れる。

気がつくと私は、修二の帽子を握りしめていた。私が大っ嫌いで、修二が妙に気に入っていた、赤い毛糸の帽子。なぜこんなものをもってきたのだろう。この帽子をめぐるさまざまなやりとり。むきになって鼻を膨らませた修二の顔。私は思わずにんまりしながら、隣の空席を見る。

あれは修二だったのだと思う。まぎれもなく修二だった。

私はにんまりした顔のまま、少し泣いた。

窓の外は大きなぼたん雪が、ときどき列車の速度に逆らってふわふわと舞っている。

この列車はどこへ行くのだろうか。

みんな星のかけらだから、さびしくないよ。

十歳で死んだ姉はいう。

私は五歳の小さな妹にもどって、おとぎ話の続きをまっている。

『星のかけら』は第十一回ゆきのまち幻想文学賞入選作品
主催者より許可をいただいて収録しました。

TORIKO

コンサート会場で肩をたたかれた。

開演までの待ち時間、ロビーで。一緒に来た友人がトイレに立ったときだった。声をかけられるのかと待っていると、紙にペンを走らせるような音がした。筆談？　口がきけないのか。僕はちょっと迷って言った。

「あの、僕目が見えないんです」

ペンを走らせる音がとまった。耳は聞こえるようだ。

「ちょっと待っていてください。友人がもうすぐ戻って来るので、そしたらお話しましょう」

そう言うと、隣にそっと座る気配がした。ふわりと空気が揺れて、甘い香りがする。

石鹸の香りとも香水とも違うやわらかで自然な香りだ。山深い秘境に誰にも知られずに咲く、名もない花のような、いや、花というより果実だ。みずみずしく実った未知の果実。いや、それもなんだか違うような気がする。香りについての考察は結局結論を得ないまま、僕はその香りの持ち主のことを少しだけ考える。

三ヶ月前、突然視力を失った。原因不明の視神経麻痺。医者の話では目の機能に異常はなく、一時的なものだろうということだった。

不安は感じなかった。一時的だという医者の言葉に安心したこともあったが、見えないという未知の体験に妙にわくわくしている不思議な自分がいた。

とりあえず職場に休職願を出して、食事はデリバリーをたのむことにした。いくつかの店をピックアップし、スマートフォンの音声操作で注文できるように設定した。家の中のことは、多少不便ではあるが、手探りでなんとかそれなりにこなしている。たまにこうして外に連れ出してくれたり、部屋に様子を見に来てくれる友人もいる。おかげでわりとのんきに見えない世界で暮らしている。なんでもないところで転んだり、思わぬ失敗をすることもあるが、それも見えない生活のアクセントとして楽しみ、まあ大過なく過ごしている。

見えない世界は、音とにおいとさまざまな肌ざわりに満ちていた。風のにおいや雨の音、街のざわめき。飲食店から漂う食べ物のにおいやＣＤショップからもれてくる音楽のフレーズ、チラシや宣伝用のティッシュを配る人たちの声やふとふれる手の感触。すれちがう女の子たちのかすかなコロンの香りや、その笑い声が醸し出す華やかな空気の揺らぎ。ぽつんと落ちてきた雨粒の意外なつめたさ。友人に手をひかれて街を歩いているとさまざまなにおいや音、そして肌ざわりに出会った。

そこは今までとは違うリアリティーで街がいきいきと息づいていた。僕は耳と鼻と皮膚で街を感じた。目が見えるということは、もしかしたら、それ以外の感覚に目隠しをしているということかもしれない。

「悪い。途中で電話が鳴っちゃって。待ったか?」友人の声だ。

「ああ、いや、それより彼女と話がしたいんだが、口がきけないらしい。ちょっと手伝ってくれないか」

「彼女って?」

「ここにいるだろ?」隣を手で示した。

「誰もいないよ。勘違いじゃないのか?」

「いや、そんなはずはない。彼女はたしかにここにいた」

何よりこのやわらかな香り。この香りこそが彼女なのだ。

開演のアナウンスが流れる。

「始まっちまうよ。行こうぜ」

友人に手を取られ僕は立ち上がった。彼女はどこへ消えたのだろう。


彼女はどこへ消えたのだろう。あれからずっと考えている。彼女はたしかにそこにいた。短期間ではあるが、僕の見えない生活で得た経験からいうと、それは疑いようもない事実である。

彼女についての手掛かりは、口がきけないらしいということと、コンサートの主演ソリスト、それにあの不思議な香り。

とりあえず、彼女の香りだけは覚えておこう。そう思った。もっとも忘れようと思っても忘れることはできないのだが。


そして半年が過ぎた。同じソリストのコンサートに一人で来ている。

医者の言葉どおり視力はほどなく回復した。

ふと目を閉じてみる。おかしな話だが、目が見えるようになってから、自分が見ているこれが本物の世界なのか、自信がなくなった。だから時々目を閉じて視覚を遮断してみる。

見えない世界に少々慣れ過ぎたのかもしれない。

ロビーのざわめき、人々の気配、喫茶コーナーから流れてくるほのかなコーヒーの香り。大丈夫。ここはあの日と同じコンサート会場だ。僕は納得して目をあける。

もちろん彼女に会えるなんて思ってはいない。そんなに簡単に事が進むはずはない。だが、街でこのソリストのコンサートのポスターを見かけたとき、じっとしていられなかった。彼女を見つける数少ないチャンスなのだ。急いでチケットを手配し、今日ここにいる。

ロビーの中央の丸い大きな柱にもたれて、僕は待った。開演を。そして、何かが起こるのを。

柱の向こうで気配がしたのは、それからほどなくのことだった。

僕は静かに目を閉じる。

さらさらと紙にペンを走らせるような音。

ふいに空気が揺れる。

そして、あの香り。忘れようもないあの香りだ。

深い息を一つして、僕はゆっくり柱の向こう側に回りこんだ。

そこにあったのはディープグリーンに輝く一対の目だった。低い位置からこちらをじっと見上げている。

香りの持ち主は、シルバーグレイの毛並みが美しい、緑の目の、猫であった。

君だったんだね。

僕は、自分がさほど驚いていないことに気付いた。そうか、君だったのか。

しゃがんで手を広げると、猫はゆっくりと近寄ってきて、手の中にすっぽりとおさまった。そっとなでると、シルバーグレイの美しい毛のあいだから、ふうわりとあの香りが漂ってきた。

柱の、猫のいた付近に小さなキズがあった。爪をといでいたようだ。紙にペンを走らせるような音の正体はこれだったのか。僕はいとしいもののようにそのキズを眺め、しゃがんだまま、しばらくその香りを抱いていた。

一緒に来るかい。

猫をはなして立ちあがると、緑の瞳に問いかけた。猫はしばらく小首をかしげていたが、僕が歩き出すと、あとをついてきた。

結局コンサートは聴かず、僕は猫を連れて部屋に戻った。

猫はほとんど手がかからなかった。餌もあまり食べず、排せつもしない。それでも変わらず元気そうである。最初は少し心配したが、そのうちこれがこの猫の特性なのだろうと思うようになった。もともと不思議な猫だった。

猫を飼うようになっても、僕の生活にあまり変化はなかった。毎朝会社に行き、夕方帰る。たまに残業もする。友人と飲みにも行く。かなり遅くなることもあるが、いつ帰っても猫はいつものあの香りで迎えてくれる。

いつからか、僕は部屋に帰ると目を閉じるようになった。視力を失った数ヶ月前のように。すると、「彼女」が現れる。とてもリアルに現れるのだ。そうしていると僕は時々、自分が猫と暮らしているのか「彼女」と暮らしているのかわからなくなった。

ある朝目が覚めると、となりに「彼女」が寝ていた。「彼女」はシルバーグレイの長い髪をした美しい女の姿で、体にシーツを巻きつけ、静かな寝息をたてていた。

僕は手をのばし、「彼女」の髪にそっとふれてみた。猫の毛ではない、なめらかな女の髪だった。

そうか、君だったのか。

「彼女」の体からは体温とともに相変わらず例の香りが漂っていた。僕は「彼女」の髪をなでながら目を閉じ、もう一度眠りの中に入っていった。

それから時々、「彼女」は女の姿で現れる。たいていは明け方、眠った姿で。僕はまどろみながら「彼女」の長いなめらかな髪をなでる。それだけで幸せな気分になった。「彼女」の香り。「彼女」の体温。「彼女」はたしかにここにいる。


玄関でチャイムがなっている。二度。三度。出なくては。それにしても、テーブルと椅子がやけに高い。なんなんだ。いや、テーブルと椅子だけじゃない。流し台や食器棚、ドアノブの位置も、部屋全体が上に伸びたような気がする。

「なんだ、開いてるじゃないか。留守か。不用心だな」

ドアが開いて友人の声がする。

僕は異常に高くなったテーブルの脚に頭をぶつけながら玄関に出ていった。

「あれ、猫を飼っているとは聞いていたけど、二匹いたのか」

異常に背の高い友人が僕を見下ろしていった。二匹？

「おまえさんたちの飼い主はどこにいったんだろうね」

友人は僕の体をひょいと持ち上げ、顔を近づけた。

わっ、よせ。

声を出そうとしたが、出ない。かわりに喉の奥から妙な音が出た。

友人はあばれる僕を下して部屋にあがった。

「おい、本当にいないのか」

俺はここにいる。僕は再び口を動かしてみたが、喉の奥からはやはり妙な音しか出てこない。妙な音。猫の鳴き声のような。

友人はスマートフォンを取り出しながら部屋を一回りした。

「スマホの電源も切れてる」

友人はそれでもしばらくダイニングの椅子にすわって待っていたが（いったい何を）、やがてあきらめて帰っていった。帰り際、僕の頭をなでて、

「部屋を出るときは鍵をかけるように飼い主にいっておけよ」といった。

友人が帰ると、僕は洗面所にいき、これも異常に高い洗面台によじのぼった。見ると、鏡の向こうの洗面台に、毛足の長い見知らぬ黒猫が乗っていた。黒猫の後ろにはシルバーグレイの「彼女」が緑の目をきらめかせている。

ふりむくと彼女がそこにいた。

彼女の体温。彼女の香り。やっぱり、君だったんだね。

彼女をよりよく見るために、僕は目を閉じた。

音の柩《ひつぎ》

ミファソラシ、と風が吹く。

ソラシドレ、と波が騒ぐ。

シドレ、ファ、と飛沫が跳ねる。

自然の旋律は不思議だ。不安定で危ういくせに、妙に気持ちが和む。

ミファソラシ、と雲が流れる。

ソラシドレ、と木々がざわめく。

シドレ、ファ、と雨粒が踊る。

環境音楽をやっていた兄はよく、人間が作るものほど奇妙でちっぽけで不完全なものはない、といっていた。俺の仕事はただ、風の音や波のしぶきや雲の流れを音符に置き換えることだ、と。

音に魅入られたように、兄はあらゆる音を求めて世界中を駆け回った。氷の鳴る音を録るのだといって、南極近くの氷河まで行ったり、大地に響く水牛の足音を夢見てサバンナに行ったり、風の音を聞くためだけに砂漠を何日も歩いて危うく倒れそうになったこともあった。

さまざまな音を満喫して旅を終えた兄は、いつも昆虫採集をしてきた子供みたいに目を輝かせて帰ってきた。

日焼けを重ねて、浅黒いというよりもう黒褐色に近い顔に、歯だけ白く光らせて笑っている兄を見ていると、わけもなくせつなくなった。その屈託のない笑顔のどこかで命が削れていくような不吉な感じがしきりにしていた。

ミファソラシ、と風が吹く。

ソラシドレ、と波が騒ぐ。

シドレ、ファ、と飛沫が跳ねる。

兄が遭難したのは太平洋のほぼ真ん中。なぜそんなところまで舟を出したのか、いまだにわからない。ちょっと近くの海に波の音を録りに行くといって出て行ったきり兄は帰ってこなかった。

兄が借りたという舟から無線が途絶えたのはちょうど一年前。その三日後、無人の舟が太平洋に浮いているのが発見された。不思議なことに舟には損傷はほとんどなかったという。遺体はあがらなかった。

死亡を確認できるものが何一つなく、兄はまだ行方不明のままだ。留守にすることが多かった兄の部屋に、母は以前とかわりなく風を入れ、時々掃除をした。悲嘆にくれることもなく毎日が淡々と過ぎていく。

久しぶりに兄の部屋をのぞいた。

たくさんの録音機材と、最新式のシンセサイザー、買ったままほとんど使っていないパソコンなどに混じって、古いピアノが置いてある。

人間の作り出した奇妙なものの中でもっともまともなものは楽器だ、と兄は口癖のようにいっていた。そしてとくにこの古いピアノを愛した。音の世界の入り口のようだ、といって。

ふれる人のないままピアノは、さまざまな機材の中で眠っていた。昔からずっとそこにあるもののように、でも少し場違いな感じで。古代遺跡の洞窟のように無音で。

吸い寄せられるようにピアノの前に座って、そっとふたを開ける。鍵はかかっていない。柩のふたのようだとふと思う。しめやかな音の柩。そういえば兄がいなくなってから初めてピアノにふれるのだと気づく。

ピアノは長い間調律をしていないせいか、音の出ない箇所があった。鳴らないのは真ん中あたりの、ミ、ファ、ソ、ラ、シ、ド、レ、ひとつとんで、ファ、だった。

ミファソラシ、と風が吹く。

つめたい鍵盤の感触。

ソラシドレ、と波が騒ぐ。

約束どおりならんでいる、黒鍵と白鍵。

シドレ、ファ、と飛沫が跳ねる。

ピアノフォルテ、強く弱く。

鍵盤から波の音がした、と思った。胸の中で凪いでいた波が騒ぐ。鼻の奥でつんと、涙の気配がした。

兄の声が聞こえたような気がして振り向くと、それがスイッチのように涙があふれて止まらなくなった。

その姿勢のままわたしは長い間泣いた。泣いて泣いて、泣きながらいろんなことを考えた。兄のいるさまざまな場面。笑顔。声。癖。今まで考えないようにしてきたすべてが、頭の中を駆け巡った。そして思ったこと。

もう兄を眠らせてあげよう。

翌日、舟と人を頼んで、ピアノを海に流した。一年遅れの兄の、遺体のない葬式。黒光りする音の柩は、クレーンで吊り上げられて、あっけないくらい簡単に海の底に沈んだ。

ミファァソラシ、と風が吹く。

ソラシドレ、と波が騒ぐ。

シドレ、ファ、と飛沫が跳ねる。


それから五年後、近くの海岸にピアノの鍵盤が流れ着いた。波にさらわれてかろうじて残っていたのは、あのとき鳴らなかった、ミ、ファ、ソ、ラ、シ、ド、レ、ひとつとんで、ファ、だった。

風の中にふと兄の声を聞いたような気がした。

人とつながる場所

瑞樹の携帯が鳴っている。

居間のソファーに投げ出された鞄の中だ。

学校から帰って三十分ほどの間に、同じようにコール音を七回ほど鳴らして切れるというのが三度続いた。

洗濯物を取り込み、台所でカップラーメンを作って食べていた瑞樹が飛んできて、四度目の着信に出る。まだ制服のままだ。

「はい、もしもし。あ、どうも。はい、はい。駅前の喫茶『ループ』に七時ですね、わかりました。うかがいます。じゃあ」

大人びた事務的な受け答え。少なくとも友達ではないらしい。

電話が終わると鞄を持って階段を上がる音が聞こえた。

やがてブルーのサマーセーターとベージュのショートパンツに着替えて降りてきた瑞樹は、居間に隣り合った、わたしが使っている客間に顔を出した。

「藍子叔母ちゃん、わたしちょっと出てくるけど、トイレ大丈夫だよね。もうすぐお母さんも帰ってくると思うし、わたしは八時には帰るから」

わたしはＯＫのサインを出した。

玄関のドアが閉まると同時に、台所で炊飯器のタイマーが作動する。もう六時か。家の前の路地を車が走り抜ける。路面にかなり凹凸があるようで、いつも同じタイミングでタイヤがきしむ。

畳の上で一日寝転んでいると、いろんな音が通り過ぎていく。普段聞いているなにげない物音。起きて普通に見える風景の中で普通に聞こえていた音が、寝ていると体の上を通り過ぎるような感じになる。その音が視覚的に見えるような気がするのだ。いろんな音が流れていくのが見える。まるで川の底に寝ているような感じだ。

この姿勢で一日の大半を過ごすようになってから半年。原因はわからない。以前は動きすぎるほど動いていた体が突然動かなくなった。声も出ない。わずかに左手の指先が動くだけだ。医者には、もともとの脳性まひの障害が重くなったのだろう、といわれた。

母が腰痛で入院してから兄の家にいる。

今年六十五になる母が、痩せているとはいえ、とうの昔に成人した娘の体を、いきなり抱き上げたりしなければならなくなって、かなり負担だったらしく、疲労骨折寸前だったそうだ。

高校生の姪の瑞樹がわたしの介助をいやがらずにせっせとやってくれるのには、正直驚いた。トイレ介助も生理のときの処理も抵抗なくやってくれるし、内緒だが、兄嫁の祥子さんよりも手際がいい。近所のコンビニにパートに出ている祥子さんを助けて、家事もよく手伝っているようだ。

築十年の兄の家は床がフラットなフローリングで、今流行のバリアフリーではないが、母と住んでいた古い家より車椅子の移動が楽だ。あまり長時間すわる姿勢を保てないわたしは、昼間はほとんど一人だということもあって、トイレと食事のとき以外は車椅子に乗ることはないが、それでも介助の負担を考えるとやはりうれしいことだ。

七時ごろ祥子さんがパートから帰ってくる。

「ただいま。藍子ちゃん、トイレ大丈夫?」

OKのサインを出しながら、思わず笑ってしまう。みんなわたしの顔を見るとまずトイレの心配をしてくれるのだ。でも、わたしは一日三回食事とセットで行くだけで、そのほかはめったに行かない。べつにがまんしているわけではない。体のどこかで何かが切り替わっているのだ。被介助モードとでもいうのだろうか。外出するときは、朝トイレに行って夜帰ってくるまで行かないという、外出モード、というのもある。便利な体である。

瑞樹が言葉どおり八時に帰ってきて、わたしを車椅子に乗せてくれる。

食事が終わり、トイレをすませ、部屋でパジャマに着替えさせてくれる。

「今日ね、援助交際してきたの」

瑞樹が唐突にいう。わたしは思わず顔を上げ、瑞樹を見た。

「あ、本気にした？　うそうそ、じょうだん。そんなわけないでしょ」

可笑しそうに瑞樹が笑う。

からかっているような明るい笑い声の、どこか荒れたような感じがなんだか気になった。

「人がものを食べてるときの顔ってさ、見てると、なんだか悲しくならない？」

いつものようにわたしを寝かせたまま、器用に袖を通してパジャマのボタンをとめながら、瑞樹がいう。

瑞樹の援助交際というショッキングな言葉に驚かされて以来、わたしたちはなんとなくうちとけて、夜、時々こんな風に話をするようになった。話をするといっても、わたしは声が出ないので瑞樹が一方的にしゃべるだけなのだが、わたしの顔の表情や目の動きといったリアクションを、瑞樹は敏感に感じ取ってくれるので、わたしもしゃべっているような気になった。

「ほっぺたぷくんとふくらませて、口をもぐもぐ動かして、なんかこう一生懸命って感じでさ、かわいいっていうか、いじらしいっていうか、たまんなくいとおしくって、なんでだか鼻の奥がつんとして泣きたくなるのよ。ああ、この人はこうやって生きてくんだなってしみじみ思うの。そういうのって、へんかな」

電燈の加減か、瑞樹の顔が急に大人びて見える。

「目の前のごちそうが幻みたいに急に消えちゃったらかわいそうだな、とか思って、夢じゃないといいねって思うの」

わたしは黙って瑞樹の顔を見ていた。

「やっぱりちょっとへんかしらね」

もとのくったくのない表情に戻って、瑞樹はわたしに肌ぶとんを掛けてくれた。

やばい、と思った。

生理が始まったらしい。いつもは二、三日前から準備してもらうのだが、今月はまだ一週間あると思って油断していた。

しかも、いつもよりずっと出血の量が多い。生暖かい液体が、体の中から流れ出てくるのがわかる。濃密な血液の固まりが、脈打つようにあとからあとからあふれ出てくる。お尻から腿にかけてのぐっしょりと濡れた感じ。どうしよう。血液はもうジャージのズボンを通して下の座布団にまで染み出しているようだ。こんなときに限って瑞樹の帰りが遅い。本当にどうしよう。多量の出血と後始末の心配とで、一瞬気が遠くなった。

体の中で、毎月誰かが怪我をしている。

いつか何かの本で読んだそんな言葉が、ぼうっとした頭に、浮かんで消えた。

玄関のドアが開く音。廊下を歩く気配。

「藍子ちゃん」

部屋の入り口のところでコンビニの袋を提げたまま、祥子さんが絶句している。

すごくよくわかる、と思う。いきなりこんな光景を見せられたら、わたしだって途方に暮れる。

「お母さん、何してるのよ」

一足違いで帰ってきた瑞樹が後ろからのぞく。

「あ、わたしやるからいいよ。あっちいってて」

なんでもないように瑞樹がいった。わたしは少しほっとした。大丈夫？　お願いね、という祥子さんの小さな声が聞こえて台所に行く足音がした。

「大丈夫だよ」

わたしに耳打ちして瑞樹は出て行き、新聞紙を持って戻ってきた。

新聞紙を何枚も重ねて敷き、その上でわたしを着替えさせる。いつものように瑞樹の介助は手際がいい。

「気にしなくてもいいからね。なんとかなるものは、なんとでもなるんだから」

座布団に染みとおった血はその下の畳まで汚したようで、瑞樹は雑巾で畳を拭きながらいった。

藍子ちゃん、今度から紙おむつしようか、いやでしょうけど、今日みたいになるよりはましでしょ。食事のあと祥子さんがいった。わたしは、それも仕方がないかな、と思った。左手でＯＫのサインを出そうとすると、いきなり瑞樹がすごい剣幕で反論した。

なぜ瑞樹がそんなに怒るのかわからず、わたしも祥子さんもしばらく黙って瑞樹の顔を見ていた。

「そうよね。藍子叔母ちゃんがいいって言うんだったら、それでいいことよね」

怒りが収まったあと、独り言のようにそういって、瑞樹はわたしの車椅子を押してトイレに向かった。


時々、思い出すことがある。

中学生になったばかりのころだろうか。学校が休みでわたしが寄宿舎から帰省しているとき、近所のおばさんが家に遊びに来た。

「藍子ちゃんも大きくなったねえ」

わたしの顔を見ながらおばさんはそういって、母のほうに顔を近づけ、

「もうそろそろ始まるわね、藍子ちゃんも」

と、少し声を落とした。

「そうね。でも、この子発育が少し遅れてるみたいで、まだよ」

母はいった。

「取るんなら早いとこ取っちゃったほうがあとあと楽だわよ」

お茶をすすりながら、おばさんはいった。

「そうねえ」

母はなぜか言葉を濁しているようだった。煎餅をほおばりながら、おばさんはなおも続けた。

「聞いた話だけどね、あれ、取っちゃうと体重も増えるし、血色もよくなって元気になるんだってよ。藍子ちゃん顔色あんまりよくないじゃない。ほら、腕だってこんなに細くて。毎月の生理の手当てだって大変だし、始まるときっとしんどいわよ。楽なほうがいいわよねえ、藍子ちゃん」

おばさんはわたしの腕を撫でながらいった。

母が心配そうにわたしの顔を見ていたが、わたしは何のことだかわからず、きょとんとしていた。

母とおばさんはお茶を飲みながら話し続けた。話題はいつの間にか隣のおねえさんが近々結婚するという話に移っていった。

とても平和な会話だった。

おくてだったわたしに、このときの話の意味がわかるのは、ずっとあとのことだった。

学校から帰ってくるなり、瑞樹がポケットから金のブレスレットを出して腕につけて見せた。友達から借りたのだという。なんだか妙にはしゃいでいるようだった。

幅のある変わった形のチェーンにつながれて、アルファベットのCの文字を二つ交差させたようなヘッドがついている。腕を動かすたびに揺れて、制服のスカートの紺色の上で、交差した金色のCの文字が光った。

「シャネル。きれいでしょ。なんかいいよね、やっぱり」

うれしそうに腕を曲げたり伸ばしたり、振ったりしている。

瑞樹がブランド物に興味を持っていたなんて、意外だった。いまどきの女子高生としてはそれが普通なんだろうか。いまどきの女子高生がどういうものなのか、わたしにはわからないが、瑞樹は普通の女子高生とは違う価値観を持っていると思っていた。まわりに流されない、しっかりしたものを持っているような気がした。ただの無邪気な好奇心だろうか。そもそも友達に借りただけのものになぜこんなにはしゃぐのだろうか。

シャネルのブレスレットを眺めている瑞樹は、その向こうで何か別のものを見ているような気がした。ちっともうれしそうではなく、痛々しいほどさびしげな目で。

いつもより遅く帰宅した兄が、祥子さんに瑞樹を呼べといっているのが聞こえた。いつになく不機嫌な声だった。

兄は電気関係の会社に勤めている。年相応のポストにつき、不況下ではあるが、それなりに忙しいらしく、朝早く出勤して夜は九時を回らないと帰ってこない。休日もたまに外出する以外はほとんど寝ていて、わたしと顔をあわせることはあまりなかった。

兄とは一回り近く年が離れているので、一緒に遊んだという記憶はそれほどないが、二人きりの兄妹で、子供のころはよくかわいがってくれた。

大学に進学するために都会に出たころから、なんとなく疎遠にはなったが、障害を持った妹を何かと気遣ってくれるやさしい兄であった。

父が亡くなったのは兄が二十歳のとき。兄はアルバイトをしながら大学を続けた。わたしは学校の寄宿舎に入り、母も働きに出た。兄は、大学を卒業して結婚するときもこの家を建てたときも熱心に同居を勧めたが、母は、体が元気なうちは、と断り続けていた。わたしがいることで、嫁の祥子さんに対する遠慮があったのかもしれない。

わたしは学校を卒業してから近くの共同作業所で縫製の仕事をしていた。一般企業に求職を試みたり、結婚という話もなくはなかったが、結局どの話も実らず、障害が悪化する半年前までずっと、母と二人で住む家から作業所に通い、雑巾や巾着にミシンをかけていた。

瑞樹が階段を下りてくる音。続く兄の怒りを含んだ声。わたしは明かりを消した暗い部屋で天井を見つめながら、壁の向こうから聞こえてくる声を聞くともなく聞いていた。

瑞樹が中年の男性と二人で喫茶店にいるところを見かけた人がいるという。

どうなんだ？　低い声で兄が問いただす。

瑞樹は笑って取り合わず、結局人違いだったという話に落ち着いたようだが、兄はよほど他人に言われたことが心外だったらしく、そのあともしばらく機嫌が悪かった。

瑞樹ちゃんに限ってそんなことはないと思うけど。そう言われたときの兄の顔が一瞬見えたような気がした。

瑞樹の携帯が七回目のコール音でまた切れた。

このごろは学校から帰るとすぐ鞄を自分の部屋に持っていくらしく、瑞樹の携帯の音を聞いたのは、数週間前のあのとき以来だった。

三度目の着信で、小走りに歩くスリッパの音がして、四回目のコール音の途中で唐突に切れた。電源を切ったらしい。瑞樹はそのままソファーに座って、取り込んだ洗濯物をたたみ始めた。ハミングが小さく聞こえる。

少しほっとして、わたしは部屋の障子に当たるそろそろ傾きかけた日差しを眺めた。前に植木があるらしく、葉陰が揺れている。

「ちょっと図書館にいってくるね」

ワイン色のTシャツにジーンズ姿の瑞樹が顔をのぞかせた。

ばたばたとスリッパの音がして玄関のドアが閉まると、再び静かになる。

この前の妙に大人びた受け答えを思い出してしまう。そのとき感じた危うい雰囲気も。

その夜遅く瑞樹がわたしの部屋のドアをノックした。

「藍子叔母ちゃん、ちょっといい?」

小さな声がしてドアが開いた。

「ごめんね、こんな遅くに。起きてた?」

わたしは肌布団から手を出してOKのサインを出す。

「なんだか眠れないんだ」

瑞樹は、天井の大きな蛍光灯ではなく、隅に寄せた座卓の上のスタンドをつけた。部屋全体がぼうっとオレンジ色の明かりに包まれて、物に陰ができるせいか、真っ暗なときよりも夜という感じになった。

「わたし、本当は逢ってたんだ。出会い系で知り合ったおじさんと、喫茶店で」

わたしは瑞樹の顔をじっと見ていた。

「おどろかないね。そうよね、このところ相当、挙動不審だったもんね、わたし」

瑞樹はニッと笑った。

「最初はね、呼び出されて喫茶店の前までいって中をのぞいてくるだけだったの」

瑞樹は背中を壁にもたせて、膝を抱えた。

「大きなガラス越しに、わたしを待っているおじさんをじっと見てるの。おじさんは毎回違う人なのに、どのおじさんも同じように背中を丸めて、同じようにコーヒー飲んでるの。同じように疲れてるみたいで少し汚れてて」

そういって瑞樹はゆっくりと髪をかきあげる。

「ずうっと見ててね、ふと考えるの。この人こんなところで何を待っているんだろうって。まるでおいしいごちそうでも待つみたいに。鼻をぷくっとふくらませて、少しおどおどしながらひたすら待っているおじさんを、おなかいっぱいにしてくれるものって、いったい何だろうって。そしてドアを開けて入ってくるのは、目も鼻も口もない、性器だけがデフォルメされた女子高生のわたし」

赤いチェックのパジャマの上から膝を両手で撫でながら、瑞樹はいった。

「電話で呼び出されて喫茶店の前にいっておじさん眺めて帰ってくるの。そのくりかえし。べつにおもしろくはなかったけれど、なんとなくそうしてた。ある日そのおじさんと目が合っちゃってね。まずいな、と思ったけど、中に入って話すことにしたの。ずっとあそこで見てたの、って、おじさんびっくりしてたわ。エッチはなしね、って最初に断っておいたからかもしれないけど、いやらしい話とか全然しなくて、学校のこととか友達のこととか聞いてきたり、自分の仕事の話とかするの。一時間ほど話してたかな。おじさんが、ありがとう、じゃこれ、ってお金出して渡そうとしたから、走って逃げてきちゃった」

あはは、と瑞樹が乾いた声で笑った。スタンドの明かりが深い影を作り、瑞樹の表情から幼さを奪う。

「援助交際とか売春がなぜいけないのか、誰も明確な理由はいえないのよ。お父さんもお母さんも学校の先生も、ただいけないっていうだけ。一方ではわたしたちをお金で買おうとする大人がいる。いけないっていうだけの大人とお金で買おうとする大人、その究極的な違いは、世間体とか責任とかが自分に振りかかって来るか来ないかってこと。みんな道徳とか愛情とかモラルとかいってるけど、つまるところ、そういうこと。でも、そういう大人の論理はどうだっていいのよ」

瑞樹は膝を抱えたまま首をうしろにそらせた。長めのボブにした髪が華奢な肩にふりかかる。そのままの姿勢でしばらくじっと天井を見ていた。やがて振り払うように髪を左右に揺すって姿勢を元に戻すと、あらためてわたしのほうを向いて続けた。

「このあいだ見せたシャネルのブレスレットね、あれ、借りたんじゃなくて、もらったの。援助交際やってた友達に」

膝を抱えていた腕から片足をのばし、少し前かがみになって、曲げたほうの膝にあごを乗せて、瑞樹はどこか宙を見ている。

「その子ちょっと前まで彼氏がいてね。その人のこと、もう本当に心底好きだったみたい。彼氏のほうもまだ若いんだけど、将来結婚とかかなり真剣に考えてたみたいでね、とってもしあわせそうで、似合いのカップルだった。はたで見ててうらやましかったよ、ほんと」

のばした足を曲げ、ふたたび抱え込む。

「でも、セックスができなかったんだって」

瑞樹はため息をつく。

「好きで愛し合って求め合っているのに、セックスができないの。彼氏のほうじゃなくて、その子のほうが受け入れられない、っていうか、要するに、入らないのよ」

瑞樹はもう一度小さくため息をついた。

「はじめは、慣れてないから仕方ないよねっていってたんだけど、何回やっても痛くて入らないの。二人で本を読んだり、薬とか塗ったり、考えつく限りのことをやってみたんだって。でも、どんなことをしてもどうしてもだめだった。裸になって二人で一生懸命セックスと格闘するのよ。なんだか滑稽よね、って、その子笑いながらいうの。聞いててたまんなかった」

ほとんど無表情だった瑞樹の顔が、少しゆがんだように見えた。

「たぶん精神的なものもあるんだろうから、あんまりあせらないほうがいい、無理しなくてもいいよ、って彼氏は口ではいうの。だけど、そういうことって大きいのよ。二人とも若いし。欲望は止められない。体の中にナイフが埋められているみたいだっていってた。お互いに気を使って、そのたびに傷ついちゃって、もう逢ってるのもつらそうだった。表には出さないんだけど、体の中から声がするんだって。おまえ本当におれのこと好きなのか、って」

前かがみになった体を少し起こして膝を抱えなおすと、瑞樹は続けた。

「二人とも苦しんで悩みぬいて、結局別れちゃったんだけど、その子全然泣かなかったし、落ち込みもしなかった。不自然なくらい普通だったの。心配はしてたけど、そういうもんかなあって、軽く思ってた。援助交際してるなんてことも、全然気づかなかった」

瑞樹がふと目をこちらに向けた。

「ある日、その子すごくにこにこしててね、何かいいことあったのって聞いたら、もう大ありよ、って笑ってた。それ以上何もいわなかったし何も聞かなかったけど、どこかのねじがゆるんじゃったみたいに明るかった。その日の夜、彼女自殺を図ったの。薬をたくさん飲んで手首を切って」

膝を抱きしめるようにして、瑞樹は目を閉じた。まつ毛の影が頬に落ちる。

「発見が早かったから、命に別状はなかったけど。なんで今なの？　って思った」

静かに目を開け、上体を少し起こして瑞樹がいった。

「一番苦しいとき平気な顔しててさ、なんで今なの？　って」

薄暗がりの中に浮かぶ瑞樹の顔が、さらに無表情になる。

「援助でホテル行ってウリやったらできちゃった。そういって、その子、仮面みたいに笑うの。病院の真っ白なシーツにくるまって、真っ白な顔で。うそみたいにスルッと、入っちゃってね、とっても簡単だったわ、って笑うの。血がいっぱい出て、おじさんビビってさ、お金いっぱいくれるの、おっかしいよね、って。まるで笑うことしか知らないみたいに、その子ずっと笑ってるの」

何なんだろうね。瑞樹がつぶやく。夜が一段濃くなる。何なんだろうね。

「その子、今精神科のカウンセリングに通ってるの」

少し明るい声で瑞樹がいう。

「一時は自律神経系までおかしくなっちゃって、学校も一年休学するらしい。今はだいぶ落ち着いているみたいだけど」

膝を抱いていた手が少しゆるむ。

「精神科のカウンセリングっていっても、特別な治療とか指導とかそういう仰々しいのじゃ全然なくて、ただ話を聞いてくれるだけなんだって。一時間とか二時間とか決めて話したいことを話すの。何を聞いても驚かないし、否定しないし、他言しないっていう約束で。そんなの、石に話してるのと同じだって最初は思ったけど、違うのよ、って、その子いうの。人間がいるのって、不思議ね、って」

脚をのばして前屈運動を二、三回したあと、元の姿勢に戻って瑞樹が続けた。

「いろんなことを話しているとね、自分の心が少しずつ見えてくるんだって。その子の担当は三十歳くらいのちょっときれいな女の先生で、セックスのこととかも話すんだけど、その先生、黙って聞いているだけなんだって。わたしはあなたより長く生きているし、あなたよりたくさんのことを知っているかもしれないけど、でもわたしの人生はあなたの人生じゃないのよ、わたしにできることはせいぜい一生懸命話を聞くことくらい、考えて答えを出すのはあなたよ、っていって。ちょっと突き放した感じだけど、親でも教師でも友達でもない第三者に話を聞いてもらうのって、結構心地いいみたい」

にわかに明るい表情で話していた瑞樹が、不意に黙りこむ。

「人の性って、いったい何なのかしらね」

ひとりごとのように、瑞樹がいう。

「わたしたちってセックスに幻想を持ちすぎていたのかもしれないって、その子いってた。人を好きになって、その人とつながりたいと切実に思うからセックスする。セックスは素敵だと思いたい。好きな人とつながることは気持ちいいはず。なのに、違ってしまった。普通はそういうのってなんとなく通り過ぎてしまうものなんだろうけど、わたしと彼の場合はたぶん思い入れがあまりにも強すぎたのね、って」

瑞樹は壁に背中をもたせて、肩の力をふっと抜く。

「考えてみれば、みんな幻想なのかもしれないね。おじさんが女子高生に求めているのも幻想だし、女子高生がもらったお金で買うブランド品も幻想。親たちが気にする将来や世間体もみーんな幻想。人を好きになることも生きていることも、みんな幻に思えてくる。実感がほしいのよ。何でもいいから手でさわれるような具体的な実感がほしくて、幻想の中を泳いで、いつか取り返しがつかないくらい傷ついている。自分が傷ついているなんて気づかないの。気づかないでずっと幻想の中を泳ぎ続けるの。痛みも何も感じないまま確実に壊れていくのよ。自分という存在の中の、どこか、人とつながる場所が」

人とつながる場所。

「人間って、どんなに拒否してもみんなどこかでつながっているんだと思う。そこが壊れるっていうのは、もう自分ひとりの問題じゃないと思う」

人とつながる場所。わたしは瑞樹の言葉をもう一度反芻した。

「あのブレスレットね、記念に持ってて、って、その子がくれたの。何の記念？ って聞いたら、手首切った記念、だって」

瑞樹の声が再び明るくなる。

「その子、たぶんもう大丈夫だよ」

柔らかい声で、瑞樹がいう。

「傷ついても、それを痛みとして感じることができれば、きっと少しは救われるのかもしれない」

瑞樹は腕を上にあげて、大きく伸びをした。

「あーあ、生きるって大変だね」

瑞樹は頭の上で両手を組み合わせて、それを静かに下ろした。

「わたしは、大丈夫かな」

組んだ両手でそのまま再び膝を抱え込む。そして胎児のように丸くなって、ゆっくりと体を前後に揺らし始めた。

「わっ、もうこんな時間」

枕もとの時計は午前三時を過ぎていた。

「ごめんね、遅くまでつき合わせちゃって。なんだか、すっきりしたわ。これが瑞樹ちゃんの不審な行動のすべてです」

瑞樹は立ち上がって、もう一度大きく伸びをした。

「よかった。藍子叔母ちゃんがいてくれて。こんなこと、お父さんやお母さんには絶対話せないもんね」

ありがとう、と瑞樹は笑って、わたしの肌布団をなおしてくれた。


兄の家には結局四ヶ月あまりいた。

母が退院したので、いったん家に戻ることにした。一ヶ月ほど家にいて、十月からは施設に入ることになっている。

「お父さんまだみたいだから、そのへん、ひとまわりしてこようか」

荷物を兄の車に乗せ、わたしの車椅子を後ろ向きに玄関からおろしながら、瑞樹がいった。久しぶりに外の空気を吸う。

「藍子叔母ちゃんがいっちゃうと、さびしくなるなあ」

車椅子を押しながら瑞樹がいった。

「でも叔母ちゃんが決めたことだもんね。ねえ、本当に遠慮してるんじゃないんだよね」

後ろから覗き込むようにして、瑞樹がいう。わたしは指でしっかりOKのサインを作った。

車椅子の車輪がアスファルトの上の砂粒を踏んでいく。

日差しはまだ十分強いが、その向こうにひんやりした秋の気配が透けて見える。生い茂る木々の緑も、ほっと力を抜いているような感じだった。

「わたし、藍子叔母ちゃんの気持ちなんとなくわかるよ」

少し考えてから、瑞樹がいった。

施設行きが決まるまでのひと悶着を、わたしは思い出した。兄と祥子さんはこのまま家で一緒に暮らさないかといってくれた。母は母で家に帰って前のように二人でやっていこうといった。施設に入るというわたしに、いいとか悪いとか、かわいそうだとか、いろんな人がいろんな色をつけようとしているみたいだった。それが正しいのかどうか、今のところわたしにもわからないが、とりあえずはそれが自分で出した無色透明の答えだった。

「とにかく生きてくのは自分だからね」

道はいつの間にかゆるい下り坂になっていた。坂の下から吹き上げる風に、瑞樹の声がほんの少しかすれた。

スノーホワイト

最近、俺の携帯にへんなメッセージを入れるやつがいる。

いつも同じメッセージで、その二、三分後になぜかきまって雪が降る。

〈ネエ　ミテヨ〉

まあ別に害はないので発信元も確かめずそのままにしてある。このごろではちょっとした天気予報代わりだ。もっとも二、三分後に雪が降るのがわかっても大して役に立たないけどな。

ひょっとして、おまえか？

まさかな。

おまえはそういう女じゃない。クールでシビアで超現実的な女。そのくせ、がさがさしたところがなく、まっすぐな強い目をしていた。

俺か？　ああ、大丈夫だ。毎日仕事してるし、めしだってちゃんと食ってる。仕事仲間と飲みに行くこともあるし、バンドの連中と夜中まで騒ぐことだってある。それほどいかれちゃいないよ。

ただ時々な、うん、時々、そういう現実の自分になんとなくなじめないことがまだあるっていう、それだけのこと。

わかってる。

人間て自分が思うほど弱くないものよ、だろ？


そらきた。また例のメッセージだ。

〈ネエ　ミテヨ〉

しかもごていねいに大きなぼたん雪のアトラクションつき。

真っ暗な夜の空から、編みかけのレースのような白い結晶のかたまりが、ふわふわと舞いながら降りてくる。風はほとんどない。

雪ってさ、降っているのを真下から見上げると、まるで自分が空に吸い込まれそうな気分になるの、知ってたか？　降ってくる雪と同じ速度で、自分が空に落ちていくんだ。

めまいなんかしてちょっと気持ちが悪いんだけど、しばらくそうしていると、なんだか酒に酔ったみたいにすげえ気持ちよくなる。このままどこまでも際限なく落ちていけそうな気がするんだ。

どこにも行き着くことのない、無限の奈落。

笑うなよ。情けないよな。まったく。

わかってるよ。でもな。


俺、なにやってんだろ。

こんなところに寝そべって、いったい、誰に向かってしゃべってんだ?

やっぱり、おまえか?

まあ、そんなことどうでもいいけどな。

なんだかねむくなってきた。気持ちいいんだ。

大丈夫。

このまま寝ちまったらやばいって、理性はちゃんと働いているさ。

だいじょうぶ。きもちいいんだ。

少し風が出てきたようだ。雪の形も変わってきた。ふわりとしたぼたん雪から、ぱらぱらした粉雪に。

顔の上に落ちてくる雪は確かに冷たいのに、なぜかちっとも寒くない。きもちいいんだ。

〈ネエ　ミテヨ〉

携帯のディスプレイには相変わらず例のメッセージが表示されている。バックライトのグリーンが意外に強く液晶の文字を浮かび上がらせる。

〈ネエ　ミテヨ〉

そういえば、いつかおまえにいわれたこと、あったよな。

私のこと、ちゃんと見て、って。

確か何気ない会話の途中だったと思う。どうしておまえがそんなことをいい出したのか、そこからどういう話になっていったかは覚えていない。ただ、そのときのおまえの目だけは今も記憶に焼きついている。

俺は、おまえを見ていたのだろうか。

そのときは確かにそのつもりだった。とてもいとおしい、とも思った。でも今は。

今はそれを思い出そうとしている自分自身さえ危うい。

なあ、おまえって、本当にいたのか？

雪が渦を巻いて降りてくる。風が強くなったらしい。目の前が真っ白で空も何も見えない。吹きつけて顔にあたるはずの雪の冷たさももう感じない。ただ映像のような白い渦が上もなく下もなく限りなく続くだけだ。

平衡感覚がなくなる。めまいがする。きもちいいんだ。

〈ネエ　ミテヨ〉

目の前の白い画面に、突然、亀裂が走る。亀裂はたてよこななめにだんだん細かくなり、キラキラ光る。

フロントガラスだ。

割れたフロントガラスが街灯に照らされて氷の結晶みたいに光っている。

ガラスを破ってボンネットに投げ出された血だらけの女。運転席でハンドルと座席の間に挟まれたまま動かない男。

大破した車の外では、たくさんの警官に混じってバンドの仲間がいる。はいったばかりのボーカルのやつが、キーボードの女の子の顔を覆うようにして頭から抱きしめている。おまえと仲がよかった子だ。

もう、だめらしい。

ふたりとも、か？

ああ。

ふたり一緒ってのが、せめてもだな。

ああ、かもな。

とぎれとぎれに聞こえる仲間たちのくぐもった低い声。まわる赤色燈。ガードレールにこすりつけられた車の塗装。濃紺のセダン。俺の車だ。

場面は不意にフェイドアウトする。再び白い闇。

俺は眠っているのだろうか。今のは夢か？　あまりにも白い雪ばかり見ていたせいで、意識が混乱しているのだろうか。そもそもここはどこなんだ？

〈ネエ　ミテヨ〉

どっちが上でどっちが下かもわからない、ただ真っ白な世界。何もない。何も感じない。視覚も聴覚も五感全部がキーンと痛くなるような白。この世のすべてがリセットされたような白。

リセット？

突然、白い世界に小さな穴が開いた。
はるか遠くにごま粒のような黒い点が見える。
点は動いているようだ。
人だ。
だれかが、こちらに向かって、来る。
積もった雪に足をとられて、時々よろけそうになりながら、ゆっくりと近づいてくる。
顔は見えない。
よく知っているやつのような気もする。
とてもなつかしい。
不器用な歩き方。
長い髪。
思い出そうとした瞬間、人影はブリザードのような白に再びかき消される。
〈ネエ　ミテヨ〉
思い出せそうで思い出せない記憶。

塗りこめられた不自然な空白。

大切なこと。大切な人。空白の白。

ずっと寄り添っていた。

思い出せないのは忘れたことがないから。

ひたいに、何かが触れた。

自分にひたいがあることを長い間忘れてていて、たった今思い出したような奇妙な感覚。

冷たい、手だ。

雪のように冷たい手。

ねえ　みてよ
その手から声が聞こえる。

ずっと前から聞いていたような気がする。

その声をゆっくりたぐり寄せる。

頭蓋骨の中で縮んでいた脳が溶け出す。解凍しきれないしこりが軽い偏頭痛を起こす。

自分が目をとじていることを理解するのに少し時間がかかった。

体が重い。どーんとした痛み。

ゆっくりと慎重に目を開ける。

視界に広がる白い世界。

白い壁、白い家具、白いシーツ。でもそれは色のない無色の危うい白ではなくて、くっきりと輪郭のある色としての白。

そして。

白い服を着た、おまえ。


ずいぶん長いこと眠ってたね。一年半よ。

医者が病室から出ていったあと、おまえがいった。

もう楽にしてやろうって、みんながいったわ。あいつのためにもそれがいいって。あなたのご家族も病院の先生も、バンドの人たちもみんな。わたしはわからなかった。そうすることが本当なのか。私は本当のことが知りたかったの。起きてものがいえる人のことではなくて、何もいわずに眠っているあなたのことが本当に知りたかった。だから一生懸命聞きにいったのよ。知ってた？

おまえは静かに窓辺に寄り、カーテンを少し開けた。

ねえ見て、雪よ。

真っ暗な夜の空から大きなぼたん雪がゆっくりと降りてきた。風はほとんどない。

『スノーホワイト』は第十回ゆきのまち幻想文学賞佳作受賞作品

主催者より許可をいただいて収録しました。

罪ほろぼしではないと思う

罪ほろぼしではない、と思う。
ただちょっと気になっただけだ。

小学五年のとき、クラスでいじめがあった。
車椅子のクラスメイトを無視したり
筆箱を床にぶちまけたり。
わたしは何もしなかった。
ただ黙って、何もしないということを、した。

中学二年の夏休み、学校の職場体験で
障害者の療護施設で
介護の仕事を体験した。
希望したケーキ屋や美容院は
定員オーバーで
くじ引きで決められたのだ。

高校時代は友達に誘われるまま
ボランティアサークルに入り
障害児施設や老人ホームを慰問した。

その後、なんとなく社会福祉系の大学に進み
現在、障害者就労支援センターで
一般就労を希望する障害者の支援に奔走している。

ハローワークや企業の人事課を行き来し

まだまだ障害者に無理解な社会に憤りながらも
時々小学生のころのことが胸をかすめる。
罪ほろぼしでは、ないと思う。
ただちょっと気になっただけだ。

姿見

我が家の玄関には大きな姿見がある。
いつからあるのか、誰がおいたのか。
小さいころからずっとそこにある。
出かける前に姿見の前に立つのが家族の習慣。

今日もいつものように登校前のチェック。
髪、よし。制服、よし。後ろ、よし。
よーし、完璧。

靴を履いてドアを開き、ふと振り返る。
見ると姿見の中にもドアがあり
わたしによく似た女の子が出ていこうとしている。
似ているけれど、わたしじゃない。
そう思った。

数秒間、姿見の中の女の子と見つめ合ったあと
わたしは静かにドアを閉めた。
姿見のこちら側でいつもと同じようにわたしの一日が始まる。

あの子はこれからどこへ行くんだろう。
姿見の中の、あのドアの向こうには何があるんだろう。

今さっきドアを閉めておいてきた大きな姿見が
とても気になった。

あとがき

この本は昨年、第四十五回泉鏡花記念金沢市民文学賞を受賞した小説「ニキチ」に、過去に書いた短編や童話を加えた改訂版です。

表題作「ニキチ」はわたしが初めて書いた歴史小説であり、これも初めて四百字詰めで百枚を超えた、わたしにとってはかなり長い小説です。

小説を書く上で、歴史的なことや、全く知らないバイオリンの作り方などの専門的なことなど、調べなければならないことがたくさんあり、大変でしたが、『ニキチ』は書いていてとても楽しい小説でした。

実は執筆中に首の手術を二回もしたのですが、病院のベッドの上でバイオリンの作り方をインターネットで調べていると、看護師さんにびっくりされて、それを見るのが面白かったです。体は病院のベッドの上でしたが、頭の中では小説の主人公のニキチと一緒に、十七世紀のローマで苦心しながらバイオリンを作っていました。おかげで知らない間に時間が経ち、手術の痛みもリハビリも苦もなくやり過ごせました。

わたしは重度の脳性麻痺で、不自由な体でよく頑張って小説を書いているねえと言われますが、小説を書いているときは書くことに夢中で障害のことは忘れます。わたしの場合、物心がつく前からの障害で、本当のことを言うと障害というものをあまり意識したことがなく、ほとんどの時間忘れて過ごしているのですが、執筆に没頭しているときはとくにきれいに忘れます。読んでくれる人も、作者の障害のことなど忘れるくらい夢中になって物語の世界を楽しんでくれたらいいなあと思います。そういう小説をこれからも書いていきたいと思います。

最後に、『ニキチ』は文学仲間の友人とメールで話をする中で構想が生まれました。まずその友人に感謝したいと思います。それからいろいろ感想やアドバイスをくれた友人たち、入院中お世話になったリハビリの先生や病院スタッフの皆さん、ヘルパーの皆さん、退院後のわたしを受け入れてくださった湖南苑の皆さん、改訂版の出版の際、お世話になった能登印刷出版部の奥平三之さん、相談に乗ってくださった蔵角利幸さん、皆川有子さん、そして家族に心から感謝します。

ありがとうございました。

二〇一八年五月吉日

紫藤幹子

著者プロフィール

紫藤幹子 ―― しどう　みきこ

一九五八年　七月　金沢に生まれる
一九七七年　三月　石川県立養護学校高等部卒業
二〇〇〇年　三月　『スノーホワイト』第十回ゆきのまち幻想文学賞佳作
二〇〇九年　十月　『しあわせがみえるメガネ』
　　　　　　　　　石川テレビ開局四十周年記念お母さんの童話大賞受賞
二〇一二年　五月　『胸の下で結ぶふくら雀』第十二回「帯にまつわる話」大賞受賞
二〇一三年　一月　『赤い塗りばしと折り鶴』　第十三回グリム童話賞優秀賞受賞
二〇一七年十一月　『ニキチ』第四十五回泉鏡花記念金沢市民文学賞受賞

著書

一九八四年　詩集『感情の片隅から』
一九八九年　短歌集『チェックのブラウス』
二〇一六年　詩集『わたしの中の星の声』
　　　　　　童話&短編集『星のかけら』

ニキチ

発行　二〇一六年一二月一日　初版
二〇一八年五月一九日　改訂増補版
著者　紫藤幹子
発行者　能登隆市
発行所　能登印刷出版部
〒九二〇－〇八五五　金沢市武蔵町七－一〇
TEL　〇七六－二二二－四五九五
編集　能登印刷出版部・奥平三之
デザイン　西田デザイン事務所
印刷　能登印刷株式会社
落丁・乱丁本は小社にてお取り替えします。

ISBN978-4-89010-729-2